*À Popo, Zézette et Gigi
qui auraient pu être
Reine, Soizic ou Marina,
mais qui sont avant tout
d'irremplaçables mamans.*

Méfiez-vous des romans, ils ne sont pas toujours innocents, vous pourriez vous voir dans leurs reflets.

Azerty Uiop,
Écrivain dissident

Les personnages et les situations de ce roman sont purement imaginaires. Toute ressemblance avec des personnes et des situations existant ou ayant existé ne pourrait être que fortuite et involontaire.

Prologue

Lors de l'écriture de mon premier livre "Entre chaise et mer", le manuscrit mentionnait deux jalonneurs de ma jeunesse mouvementée, deux véhicules mythiques qui allaient marquer la vie des Français de l'après-guerre, la 2 CV et la 4 L. Deux anecdotes consacraient alors en quelques pages ces deux modèles de légende. Lectures, relectures firent que ces deux chapitres ne seraient pas publiés. Que venaient faire des histoires de voitures dans un récit maritime ? J'abandonnai donc ces quelques lignes sur Titine, la reléguant, la mort dans l'âme, dans les abysses de l'oubli. Du moins le croyais-je…

Les remords s'invitèrent très vite dans les circonvolutions de mon pauvre cerveau tourmenté. J'avais été un lâche, voilà tout. Comment avais-je pu, d'un coup de gomme, Te rayer de ma vie, ma chère Titine ? Toi qui avais stationné à couple du "France", Toi qui m'avais fait connaître une toute nouvelle liberté motorisée dans le bocage cauchois où nous nous retrouvions capot à mufle avec une belle normande, Toi qui m'avais fait traverser l'Allemagne, découvrir le Danemark, comment pouvais-je occulter tout cela ?

Je fis alors un vœu, Te consacrer un roman, rien que pour Toi, Te redonner la place qui Te revenait de droit, mais surtout de cœur.

Tranches de foi

Le Père Étienne

Enchâssé dans un écrin de verdure… du moins jusqu'à la construction de l'autoroute, une vilaine balafre dans cette nature généreuse, si vous vous donniez la peine de lever la tête. L'A6, campée sur ses deux jambes de béton, défiait les lois de l'équilibre et celles de l'esthétique. Mais la formule, qui avait résisté au bitume suspendu, avait dû plaire au maire - peut-être était-elle de lui - et la responsable du petit Office du Tourisme de Bligny-sur-Ouche s'était vue invitée, voire obligée de conserver cette aimable introduction sur ses dépliants vantant les attraits du village. Mais il fallait admettre que ce petit bourg ne manquait pas de charme. S'il ne figurait pas parmi les plus beaux villages de France, ses habitants avaient été assez astucieux pour substituer au pittoresque une riche décoration florale, du printemps naissant à l'automne s'évanouissant.

Près de la cure, Titine, dans sa robe grise ondulée, se laissait caresser par le soleil timide de février. À côté, la main tremblante, vêtu d'une impeccable soutane, le Père Étienne mesurait ce qu'il lui restait de carburant, cherchant entre le cuir foncé et le cuir clair une vague indication sur une jauge d'un autre âge : une sorte de lanière semi-rigide qu'il fallait plonger dans le réservoir !

L'abbé, il était plutôt grand, avec une carrure qui dénotait ses origines paysannes ; deux yeux rieurs vairons, l'un vert, l'autre bleu, et une broussaille de sourcils, le tout ombragé par une crinière blanche.

Pour faire court, un bel homme, tant du dehors que du dedans.

– Alors, curé, la chasse aux ouailles est ouverte ? Vous partez écumer la vallée ?
Ce n'était pas celle de l'Arve ou de l'Abondance : la sienne était moins arrogante, mais tellement belle entre Bligny et Pont de Pany !
– Et en toute saison, se plaisait à souligner l'ecclésiastique, visiblement heureux d'en être, de la vallée. L'Ouche ondule, virgule, parfois se bouscule en hiver, flemmarde, musarde en été, avec le canal de Bourgogne qui lui sert d'escorte.

René, en connaisseur, examina la lanière et, optimiste, conclut :
– Bah, mon Père, avec ce qu'il vous reste, vous pourriez aller sur la lune !
– Les cieux me suffiront, facteur !

La vie du Père Étienne était faite de ces petites phrases faciles, de services rendus, un quotidien fixé, figé entre l'A6 et l'A38.

Presque une vie sur une trentaine de kilomètres, mais qui ne respirait ni la monotonie ni l'ennui ! Le Père débordait d'activités, outre celles, très prenantes, de son ministère. S'il se consacrait sans compter à sa charge, il ne dédaignait pas non plus de prêter main forte aux champs, à la forge ou à la menuiserie. Sa propre vie était en fait une mosaïque de la vie de chacun de ses paroissiens, des éclats de joie à la secrète douleur, alimentée par la confession qui, à cette époque, était surtout pratiquée par les femmes.

Ce curé fut le point de départ d'une incroyable histoire tout en ayant été le premier propriétaire de Titine, la bien nommée par un garagiste, tout aussi local que le reste du village. Le nom de baptême avait été lâché par le mécano :
– Alors, Père Étienne, vous voulez vous offrir une Titine ?

Y avait-il eu une bénédiction pour cet assemblage bizarre de tôles ? Toujours est-il qu'elle conservera cette appellation tout au long de sa carrière. Produite dans les usines Citroën dès 1948, la 2 CV a été conçue par un homme de génie, Pierre-Jules Boulanger. Elle a été la première voiture populaire française, un véhicule au confort simple, accessible à tous. Le cahier des charges de l'époque mentionnait : "Faire une voiture pouvant transporter quatre personnes et cinquante kilos de pommes de terre ou un tonnelet, à la vitesse maximale de soixante kilomètres à l'heure pour une consommation de 3 litres aux 100 kilomètres." Il serait indélicat de ne pas citer son équivalent allemand, la Coccinelle de chez Volkswagen.

L'acquisition motorisée du curé avait fait grand bruit dans le village. Issu d'une bonne famille – du moins au sens où l'entendaient les paysans - le Père Étienne possédait des biens. La bicyclette ne suffisant plus à couvrir des distances proportionnelles à la désertification ecclésiastique, Titine était déclarée d'utilité biblique. Pour voler au secours des âmes du canton, il fallait bien une vingtaine de kilomètres au quotidien.

 Une autre particularité, tout aussi étonnante, était la détention de l'indispensable permis de conduire datant d'avant-guerre. Il l'avait obtenu à l'époque où l'on donnait encore du "Monsieur Prâlon" à ce fils de famille fortunée. Une tumultueuse jeunesse avec tout de même un passé de maquisard médaillé. Il avait suffi d'une retraite à l'abbaye de Cîteaux pour que sa vie bascule du désordre à l'ordre… religieux, et ce à la suite d'une déception amoureuse, d'après les on-dit. Si certains s'engagent dans une arme quelconque, lui était devenu soldat de la foi. Quelques années de scoutisme avaient favorisé ce choix.

S'il aidait, secourait, le saint homme ne dédaignait pas la pratique du lever du coude, sans excès. Mais il n'était pas un curé de choc vociférant les jours de prêche, bien au contraire ; tout en étant accessible à tous, cet homme était réservé, modéré. Au début de sa fonction, une antique Léontine s'était autoproclamée bonne du curé, espérant gagner quelques faveurs pour un paradis prochain. Malgré les petits plats et une cure bien tenue, le curé avait poliment remercié cette femme qui avait fini par exercer une véritable dictature. L'infortunée avait été vite remplacée par un de ces chiens errants, une espèce de boule de poils baptisée Goupillon. Il fallait bien meubler les solitudes…

Chez les Prâlon, être au service des autres était une affaire de famille : pour preuve, un frère médecin qui sillonnait à peu près les mêmes routes que lui. L'un soignait les corps, l'autre les âmes. L'instit, jeune à l'époque, se souvient très bien de l'arrivée de Titine au village. Le Père Étienne n'avait plus touché un volant depuis une quinzaine d'années et les premiers essais du bolide s'étaient déroulés dans un champ balisé par des bottes de paille, sous les hourras de quelques spectateurs venus là pour la circonstance. Cette première prestation - pas très concluante - s'était achevée par un arrosage copieux dans l'unique Café-Tabac-Journaux-Épicerie.

Quelques tôles défroissées plus tard, Titine et son religieux chauffeur étaient parés pour égrener le chapelet des jolis villages qui ornaient cette agréable départementale - c'est toujours l'instituteur qui raconte. Le catholique et le laïque étaient devenus deux sortes d'inséparables. La longueur des jours d'été ne suffisait pas à étancher leur soif de discussion. Par exemple, le maître d'école n'était plus aussi catégorique sur les bienfaits de l'avortement, le curé avait ébranlé quelques certitudes. Quant à l'instit, il avait exposé la théorie qui opposait deux dieux : celui des "God we trust" et celui des "Gott mit uns", ce qui avait interpellé le religieux.

Reine

Chez Simone tout était discret, sa façon de marcher à petits pas, d'évoluer entre les étagères devenues porteuses d'anges, de saintes vierges, d'objets cultuels divers en cire, des files de cierges de toutes tailles alignés comme des militaires un jour de revue du 14 Juillet. Un de ces endroits à l'image des bibliothèques, entre murmures et chuchotements.

Sa boutique vivotait dans l'ombre majestueuse de Saint-Bénigne, non loin du logique Café de la Cathédrale dont la patronne se frottait les mains à la vue d'un cortège, fût-il de mariage ou d'enterrement, le résultat était le même. Simone était frisottée, tout comme ses moutons en plâtre qui attendaient une crèche pour les accueillir.

Dans cette ambiance feutrée qui fleurait bon l'encens, Simone classait des images pieuses, nous n'étions pas loin des communions. Pas de formes, pas de rondeurs pour cette femme qui incarnait plutôt un souffle de vie que la vie elle-même, toujours d'une affable gentillesse et tirée à quatre épingles.

Simone était une cousine de la mère de Reine. Pour cette unique raison, la jeune fille avait été confiée avec de fortes recommandations au chauffeur de l'autocar Roblin qui assurait la liaison Nuits-Saint-Georges - Dijon. Simone, qui n'avait pas pu avoir d'enfant, l'avait accueillie en gare routière, avec plusieurs années de tendresse en retard à donner. Pendant une douzaine d'années, la petite Nuitonne allait vivre un bonheur sans partage avec cette maman de remplacement.

À l'inverse, le mari, Dédé la Picole, tranchait singulièrement sur son épouse. D'un beau rouge cramoisi, il n'était pas nécessaire d'avoir fait médecine pour diagnostiquer un état éthylique avancé. Ce drôle de paroissien avait un tel penchant pour la dive bouteille qu'il avait sombré dedans et cela de manière définitive. Dédé pouvait être sympa, il adorait les déguisements. La boutique de sa discrète épouse lui fournissait un éventail illimité pour alimenter ses farces scabreuses. Cet adepte des pinots noirs et autres cépages était conducteur d'autocar. Dernièrement, il s'était particulièrement illustré lorsqu'il avait défoncé, l'étant lui-même, le portail de la gendarmerie, alors qu'il avait troqué sa tenue de chauffeur pour une tenue de moine afin de gagner un pari stupide, comme le sont la plupart des paris. Le révérend faux Père avait été placé en vraie cellule de dégrisement par de vrais gendarmes qui avaient du mal à contenir leur fou rire. Le farceur jouissait d'une certaine notoriété. C'est cet incroyable couple qui allait devoir assurer la bonne éducation de Reine.

L'appartement occupait à l'étage toute la superficie de la boutique qui appartenait en nom à Simone. Cela avait permis à Reine de posséder sa propre chambre, dont l'unique fenêtre donnait sur l'hôtel du "Chapeau Rouge". Le portier, galonné comme un général mexicain, lui faisait souvent un signe de la main entre la réception de deux limousines. Dans ce Dijon de l'après-guerre, celui du tramway et de l'ancienne gare, entre le truculent Dédé et la sage Simone, la fille du Meuzin allait faire son apprentissage de citadine.
Une âme bienveillante allait permettre à Reine d'intégrer l'école Sainte-Ursule dans sa sixième année. À l'image de ce père de substitution, elle adorait faire le clown et si ses

nombreuses pitreries amusaient ses camarades de classe, elles n'étaient pas du goût de la Mère supérieure surnommée Bécassine. Fort heureusement, Reine compensait par un travail de qualité salué par des billets roses, avec parfois des blancs pour la conduite.

Très vite, cette fille de la campagne avait été adoptée dans cet établissement de la rue Danton. Dans son uniforme bleu marine, dépassant la plupart de ses camarades d'une bonne tête, elle était devenue "Petite Reine" ; ce qualificatif allait l'accompagner pendant toute son adolescence. De la boutique de la rue Michelet à Sainte-Ursule, il n'y avait que quelques pas sautillés d'une petite fille qui allait devenir une jeune fille. Très vite elle était devenue une fervente adepte des séances de catéchisme, de la bibliothèque et de la salle de gym, elle avait la taille pour.

Une réelle complicité s'était établie avec Simone. En ce qui concerne le beau-père, c'était plus nuancé. Si Dédé pouvait parfois la faire rire, il pouvait également et trop souvent, hélas, faire pleurer son épouse. Les jeudis, Reine les passait à épousseter quelques apôtres ou à feuilleter des livres religieux pour le simple plaisir d'être au côté de sa mère adoptive. Fort heureusement, Dédé ne venait pas souvent à la boutique ; les rares fois où il était venu, il évoquait l'éléphant dans un magasin de porcelaine avec la différence toutefois que ce proboscidien-là piquait dans la caisse pendant que Simone était occupée à ranger une étagère. La chute d'un objet permettait alors de démasquer l'intrus qui, penaud, mais enrichi de quelques pièces, regagnait la sortie.

Les premières années avaient été marquées par ses promenades avec Simone, du jardin de l'Arquebuse au jardin Darcy, de la Porte Guillaume et de la rue de la Liberté à la place de la Libération, où s'alignaient de prestigieux magasins : la boutique du Père Fagart, les Modernes et le Pauvre Diable.

La messe du dimanche faisait partie de ses joies enfantines, avec un ange mécanique qui hochait de la tête moyennant l'introduction d'une pièce de monnaie.

Il y avait également les jours de classe, le verre de lait froid ou chaud à dix et seize heures… et Bécassine qui l'avait maintenant plutôt à la bonne. La turbulente Reine des débuts devenait plus réservée, une forme de timidité qui avait fleuri en un printemps, comme un coucou ou une pâquerette. À quoi pouvait penser Reine entre reliques et vitraux ?

Un jour, Dédé avait eu un geste déplacé, rien de bien méchant : une caresse à peine appuyée sur l'épaule. Reine l'avait perçu comme une décharge électrique. Simone avait osé un regard noir à son ivrogne de mari. Ce fut la seule fois, mais assez pour que l'écolière se méfiât de Dédé et des hommes en général.

Dédé, bizarrement, ne buvait jamais le dimanche ; encore, la semaine, c'était le boulot, essayait-il de se justifier… mais le jour du Seigneur, pas une goutte d'alcool ne venait honorer ce gosier bourguignon. Cette trêve, les jours de soleil, était réservée aux promenades en traction avant. Là, il s'habillait jusqu'à se rendre méconnaissable… C'était certainement un dimanche qu'il avait dû impressionner Simone qui n'avait pas pensé aux lendemains qui déchantent. La sobriété dominicale de Dédé, tout comme la visite de Simone à la poste Grangier les premiers lundis du mois, resteront un mystère pour Reine.

Dédé, au fond, était heureux de la présence de Reine ; ce manque d'enfant devait lui peser. De là à imaginer que son alcoolisme pouvait en découler, il n'y avait qu'un pas, titubé bien entendu. Les gosses, il les adorait, et ces derniers le lui rendaient bien ; une sorte d'artiste qui s'épanchait, se répandait dans d'incroyables histoires ponctuées par des hoquets, pas toujours contrôlés. Un jour, à la grande honte de Reine, il était venu à la sortie de l'école habillé en Auguste, si, si, parfaitement, avec tout ce qui allait avec : le nez rouge, les pompes gigantesques…

Quelques années plus tard, Reine avait fini par comprendre ce poivrot ; elle s'en était voulu de sa réaction brutale à la fameuse caresse qui, au final, n'avait été qu'un geste de tendresse de la part d'un brave homme. À l'usage, Dédé se révélait sous sa véritable identité. Elle admettait, même si parfois elle en était gênée, ses pitreries qui n'étaient que la caricature du triste quotidien d'une vie où il ne se passait rien.

Bécassine, par contre, se réjouissait des progrès de son élève à qui elle dispensait des séances particulières de catéchisme qui se déclinaient en véritables cours de théologie. Parallèlement, Sainte-Ursule se voyait médaillée du fait des bonnes performances de la section gymnastique où Reine excellait.

Beaucoup plus tard, Reine se souviendrait avec délice de ces douze années dijonnaises. Son intérêt pour la religion avait fortement et favorablement impressionné Sœur Bécassine qui,

chose logique pour une religieuse, l'encensait et la montrait en exemple. Dans le compliment à Simone, elle n'y était pas allée par quatre chemins :
– Votre petite embellit tout ce qu'elle touche, un vrai miracle !
Simone avait rougi… même Dédé avait mis un frein à la boisson ; aussi rue Michelet régnait-il une sorte d'harmonie qui s'apparentait fort à du bonheur. Les dimanches ressemblaient aux dimanches ; seules Simone et Reine se rendaient à l'office ; le repenti du goulot s'était vu interdire l'accès à la cathédrale par un curé qui n'avait pas supporté qu'un jour de messe de minuit il vînt habillé en pingouin, un autre pari stupide avec ses potes de beuverie ; mais cela remontait à loin ! Après le repas dominical, la traction, avec un Dédé rasé, dans une mise impeccable, les emmenait tous les trois dans le Jura ou le Morvan - Reine adorait.

Le jour de ses dix ans, Dédé avait rapporté un énorme gâteau de chez Michelin, sans le flanquer par terre, malgré l'abondance d'estaminets tentateurs entre la célèbre pâtisserie et la rue Michelet. Simone en avait été émue jusqu'à verser quelques larmes.
– Pourquoi pleures-tu ? avait questionné la gamine.
– Le Dédé, le premier anniversaire sans qu'il ait les yeux à l'envers !
– Allez, petite Reine, descends chercher dix bougies, pour ça Simone n'est pas en reste. Dix ans, ça s'ar… il s'était repris, ça se fête !

Un soir de juillet ça avait pété, un orage sec, pour un soir, un soir seulement. Dédé la Picole, défiant les lois de l'équilibre,

était retombé lamentablement dans son penchant. Il avait eu le temps de préparer son discours, alimenté par quelques kirs et tout autant de chopines. Il titubait, des jambes, de la langue, bref, de tout. Un pantin aux yeux tristes qui, dès le seuil franchi, sonnait la charge à une Simone désemparée.
– Tu sais quoi, femme ? Dimanche, à l'office, je viens habillé en bonne sœur !
– Mais enfin, Dédé…
– Pas de Dédé qui tienne ! Qu'est-ce que tu complotes avec la Mère supérieure ? C'est quoi ces messes basses, un complot ? Vous voulez faire de Reine une bonne sœur ?
– Je n'y suis pour rien, c'est la petite qui en a parlé avec elle, n'est-ce pas, Reine ?
– Oui, c'est vrai, avait répondu l'adolescente en rougissant.
Simone reprenait :
– Rien de définitif, Dédé, elle veut d'abord se rendre compte en faisant quelques retraites à Notre-Dame du Mont Rolland ou à l'Abbaye de La Bussière ; laisse-la libre de ses choix…

Ça l'avait calmé, cette toute première fois où Simone lui tenait tête. Pour toute réponse il était allé simplement se coucher. Le lendemain le réveil fut moins glorieux, salué par une volée de cloches dont le son résonnait dans son crâne. De l'algarade de la veille, à part un sérieux mal de tête, il ne restait rien. Gêné, il s'était adressé directement à Reine :
– Excuse-moi, Petite Reine, je pensais que c'était une manigance de la sorcière… Puisque c'est ton choix, dimanche nous irons en reconnaissance à La Bussière.

Puis les choses étaient allées très vite. Le hasard avait voulu que cette semaine-là, Bécassine osât affronter le Démon qui prenait

parfois l'apparence de Dédé, un Dédé qui n'était pas en reste, puisqu'il la qualifiait, sans méchanceté, de sorcière, du moins hors de sa présence.
– Monsieur André Renaudin ?
– Oui ma sorc… Sœur.
– Je voudrais que nous fassions la paix, que nous parlions de Reine. Je n'ai pas toujours été charitable envers vous par le passé.
Dédé s'était tout à coup senti gêné par ce ton de franchise ; à jeun, il avait retrouvé une timidité d'enfant. Bécassine, tout à son avantage, avait longuement évoqué Reine…
– Cette petite est un don de Dieu ; je vous en supplie, laissez-la suivre sa voie.
– Qu'attendez-vous de moi au juste, ma Sœur ?
– Votre aide, simplement ; j'aimerais présenter Reine au Père Joseph à La Bussière.
– Alors venez avec nous dimanche, l'abbaye est au programme dominical.

Dédé fut surpris par sa propre réponse. Lui, le syndicaliste dans l'âme, comment avait-il pu fléchir à ce point devant la religieuse ! Au fond, il s'en amusait un peu. En rentrant à l'appartement, il s'était bien gardé de révéler l'invitation spontanée faite à Bécassine. Il se réservait malicieusement l'effet de surprise le jour du départ, un réflexe de gamin. Simone avait tiqué lorsque la traction avait pris la rue Danton, puis s'était arrêtée devant Sainte-Ursule. Les deux passagères s'étaient inquiétées du comportement de Dédé. Figées, statufiées, avec leur bouche en cul-de-poule d'où ne sortait aucun son, les yeux exorbités, c'est à cela qu'elles ressemblaient lorsqu'elles virent arriver la Mère supérieure. Dédé avait un sourire un peu niais, tout au bonheur de l'effet produit. Il avait failli dire "Ça vous la coupe !" à un inapproprié auditoire féminin. En présence de Bécassine, il s'était contenté d'un sobre "Bienvenue à bord, ma Mère".

Les explications, c'était la religieuse qui les avait données, la durée du trajet n'avait pas été de trop. Reine savourait, avec un bonheur d'enfant, sa découverte de la vallée de l'Ouche. Dédé n'avait pu s'empêcher de se visser une casquette, sans doute empruntée au portier de l'hôtel du Chapeau Rouge, pour jouer au guide touristique. "À votre gauche un pont romain… à votre droite le canal de Bourgogne" tout en traversant des localités aux noms évocateurs : Sainte-Marie-sur-Ouche, Gissey, Saint-Victor, le tout pimenté de quelques commentaires non dénués d'humour. Bécassine poussait des petits cris qui devaient être des rires ; quant à Reine et Simone, elles étaient aux anges.

À l'époque où le quartz n'habitait pas les montres, on ne parlait pas de quinze heures, mais simplement de trois heures, moment auquel Dédé gara son bolide non loin de la petite porte latérale de l'abbaye. Reine dut baisser la tête pour la franchir. Un moine rondouillard les attendait. Les quatre visiteurs n'avaient pu détourner leur regard de la soutane de Père Joseph. À elle seule, elle évoquait une suite de repas dont chaque plat était représenté par une tache, une œuvre d'art ambulante qui captait littéralement l'attention du petit groupe.

Dédé jubilait. D'entrée, le personnage lui avait plu. Peut-être l'imaginait-il au bar du Café de la Cathédrale où certes le rubicond, le rotond religieux n'aurait pas déparéillé, du moins dans l'apparence. La Mère supérieure et le Père Joseph avaient en commun de longues années d'amitié, de complicité, assez pour qu'elle se permît de le prendre par le bras pour l'entraîner à l'écart dans le vaste parc. Les autres avaient compris que ces deux-là avaient à se parler. Dédé, pour tromper le temps dans cet endroit sans buvette, avait défié Reine dans un concours de ricochets sur l'unique plan d'eau où s'ébrouaient quelques canards. La Nuitonne avait gagné. Dans la région, lorsque des gamins s'ennuyaient, on avait une jolie expression pour le dire : "Ne pas savoir quelle cheville tordre". Dédé, c'était un peu ça, un garnement en quête perpétuelle d'une bêtise, d'une sottise à faire ; là, il courait après les colverts en les imitant, ce qui avait franchement amusé Reine et Simone.

Dès leur retour, les deux religieux proposèrent la visite de l'abbaye et, docilement, la petite troupe se déploya dans les nombreuses dépendances. La salle aux colonnes fut particulièrement appréciée par un Dédé curieux de tout, essayant de percer le mystère des croisées d'ogives. Il ne cessait de répéter "Pardi, ça c'est de la belle ouvrage !" à la vue d'une statue ou d'un bas-relief, assez fort pour que le commentaire se répande dans cet espace de recueillement.

Laissant monsieur Renaudin à ses contemplations, à ses émerveillements architecturaux, le Père Joseph avait eu le loisir de s'entretenir avec Reine. Là aussi, le charme avait opéré ; cette petite étonnait, surprenait ; il avait failli oser un "envoûtait", mais adroitement s'était repris.
En retrait, Simone distillait sa joie. Il fut convenu pendant cette journée mémorable qui, au fond, allait sceller l'avenir de Reine, d'une scolarité à la carte afin que la jeune fille puisse faire

quelques retraites au gré des vacances scolaires. Ainsi soit-il. Chose bizarre, le retour s'était fait dans le silence, bien loin des caquètements de l'aller. Chacun des occupants de la Citroën revivait à sa façon ce bel après-midi de juillet. Dédé, maladroitement, avait lâché : "Vingt Dieux que c'était beau !!" Bécassine avait toussoté ; Simone avait rougi et s'était tassée sur son siège… Quant à Reine, elle se voyait déjà parmi les anges à un âge où les filles jouaient au prince et à la princesse. Pour clore le tout, à l'arrivée, il y avait eu entre les femmes des embrassades, des remerciements, des promesses de se revoir à n'en plus finir, chacune y allant de son couplet de gratitude. Dédé, plus sobrement (un tel adverbe à son égard pouvait-il être employé ?), s'était vu gratifié d'une franche poignée de main de la part de Bécassine, qui lui avait fait part de sa reconnaissance… éternelle, bien sûr.

Le soleil couchant caressait les dentelles de pierre et les vitraux de Saint-Bénigne… Dans quelques jours, ce serait le 14 Juillet, les culs bénis et les aristocrates à la lanterne devraient se faire oublier. Même involontaires, les clowneries de Dédé avaient fait rire les deux femmes. Un pigeon avait largué en vol une superbe fiente sur son crâne déplumé ; il avait eu alors le réflexe imbécile de regarder en l'air pour confondre l'auteur qui, dans un second largage, avait maculé l'œil droit d'une auréole blanche. Il se consola : fort heureusement, son beau costume avait été épargné !

Depuis près de dix ans qu'il parcourait cette vallée et ses chemins de traverse, vous imaginez bien, l'homme en noir était connu comme le loup blanc. Le Père Étienne s'était construit un petit univers fait de joies simples où chaque chose à sa place lui apportait un réel bien-être. Bref, il était heureux de cette vie-là. On aurait pu sans exagérer dire "bienheureux". Les turbulences de sa jeunesse s'étaient évanouies dès l'apparition de sa foi qui était venue, concédait-il, sur le tard. Un de ses frères de religion organisait, à La-Bussière-sur-Ouche, des séminaires, des retraites, dans un cadre idyllique. Cette abbaye existe encore aujourd'hui, et on peut y faire quelques pas dans un parc aux multiples essences. Même si la vocation première de cet endroit a été quelque peu altérée, les vieilles pierres demeurent. Le récent propriétaire a eu l'intelligence de préserver, voire d'embellir ce lieu magique.

C'est au cours d'une de ces retraites que le Père Étienne avait rencontré Reine. Il s'était étonné qu'une telle jeune fille s'intéressât à des sujets aussi graves que les religions. En réponse à sa surprise face à la culture religieuse de Reine, celle-ci lui avait fait part de ses études en théologie.

Pendant ce temps-là, la jeunesse twistait et la France était dans ses "Trente Glorieuses". Un tel contraste était inimaginable, d'un côté le recueillement, de l'autre la fièvre du samedi soir.

Lorsqu'on prend en main un de ces flacons contenant une curiosité touristique miniature ou un personnage, quelques secousses suffisent à donner l'illusion de la neige. Eh bien, la vallée, c'était un peu ça : isolée du reste du monde dans sa boule à neige avec de tous petits personnages.

Puis il y avait eu des confessions, ce qui, entre gens de religion, était plutôt normal. L'enfance était évoquée, on y parlait famille, et la jeune fille, par prudence, par réserve ou timidité, s'était bien gardée d'évoquer sa famille d'accueil.
Le curé était de plus en plus souvent accompagné par l'instit, voire de Goupillon, qui adorait ces escapades champêtres. Une franche amitié et une dégradation rétinienne étaient à l'origine de ces voyages en binôme. Pourtant, tout différait chez ces deux hommes : autant le curé affichait une carrure de lutteur avec des cheveux neige, autant l'instit était râblé et, pour sa génération, de taille moyenne, avec une tignasse noir corbeau ; le premier calme, le second nerveux, bourré de tics. Que pouvait-il y avoir de commun entre ces deux-là ? La réponse est des plus banales : le plaisir d'être ensemble, de dialoguer des heures durant, cela leur suffisait. Nous étions bien loin de Don Camillo et Peppone. Dans tout ce quotidien rythmé par les inévitables rotations et translations de notre vieille planète, il y avait des anecdotes qui assombrissaient ou ensoleillaient cette vie paisible.

L'enseignant assistait parfois aux offices de son ami, non pas qu'il fût religieux, mais par pure sympathie.
Un vaste sourire remplissait sa figure lorsqu'il narrait cette histoire : un dimanche, somme toute très ordinaire, le prêche du curé avait été interrompu par un bruit de casseroles qui tranchait avec la solennité du lieu. Goupillon, auquel un mauvais plaisant avait attaché deux boîtes de conserve à la queue, était simplement venu vers son maître, afin qu'il le débarrasse de cette farce sonore. Le curé était descendu de sa chaire pour délivrer l'infortuné cabot qui, consolé d'une caresse, s'en était retourné dehors vaquer à ses occupations

canines. Certains avaient pris le parti d'en rire et d'autres non, les tireurs de gueule estampillés par la sacro-sainte bonne morale, ceux-là même qui trouvaient suspecte la complicité entre le laïque et le religieux.

Décidément, les anticléricaux avaient la peau dure ; 1905, qui appartenait à ce siècle, n'était pas si loin. Lucien, le fils du menuisier d'un village voisin, était de ceux-là, plus par méchanceté gratuite que par conviction. Il avait enduit Titine d'une épaisse couche de purin ; au mois d'août, cela ne pardonne pas. La mère du garnement, qui se rendait à confesse en cachette de son mari, avait été assez sotte pour dénoncer son coupable de fils. Il avait suffi au curé d'appréhender le gringalet, et, d'une main ferme, de le faire agenouiller au bord de la fameuse fosse.
– Impie, si tu recommences, je te réserve le même sort qu'à Titine !
Dans toutes les campagnes, il y a toujours une paire d'yeux qui traîne là où on ne l'attend pas, tous les cocufiés ruraux le savent. L'histoire avait été racontée différemment selon qu'on appartenait à un camp ou à un autre. Dans les deux cas, le Père avait gagné en notoriété auprès des villageois.

Dans le registre de la mesquinerie bien ordonnée, l'instit avait été gratifié d'une grande croix peinte à la hâte sur les murs de son école. Habilement, l'homme, qui était un véritable artiste, l'avait travestie en calvaire breton avec une belle légende en latin. L'œuvre avait été variablement appréciée, mais avait cependant accompagné une génération entière d'écoliers. Le curé avait été moins chanceux, avec une faucille et un marteau sur son église. Peu doué pour les arts rupestres, le Père Étienne s'était contenté de passer le symbole du communisme à la chaux.

Dans ces campagnes où l'on possédait peu, on s'amusait d'un rien. Exemple, Gaston, le fossoyeur, que l'on avait cherché toute la nuit lors d'une battue organisée, lui qui n'était pas venu boire son canon de rouge à sept heures et quart précises. C'était réglé depuis trente ans, comme du papier à musique. "L'heure militaire !", se plaisait-il à dire, lui qui n'avait jamais fait de service pour cause de pieds plats ; on aurait pu accorder sa montre sur l'apparition de Gaston ! Quinze, pas une minute de plus, affichées sur un bel oignon qu'il tenait de son grand-père, un ancien qui avait fait 14. Tout le village était en alerte maximum. Un gamin, qui à cette heure-là aurait dû être dans son lit, avait été alerté par un ronflement venant du cimetière. À la lueur d'un falot, chacun put admirer, au fond du trou qu'il avait lui-même creusé, un Gaston cuvant un mauvais vin, témoins quelques litres vides abandonnés au bord de la fosse. Ce fait divers d'outre-tombe avait suffi pour alimenter pendant six mois la chronique villageoise, juste le temps nécessaire à l'arrivée d'un nouvel événement : un goupil chapardeur de gallines, par exemple.

Le curé s'était taillé un joli succès au jeu de quilles dont l'heure de début des parties avait été décalée pour cause de vêpres. Il manipulait l'énorme boule de bois avec autant d'aisance que son encensoir. Les quilles tombaient, les chopines se vidaient, la vie paisible s'écoulait…

Dédé avait fini par admettre une évidence, sa Petite Reine serait bonne sœur, voilà tout. Les moqueries de ses collègues, de ses potes de boisson, l'avaient éloigné des bars et autres estaminets. Le miracle avéré allait-il durer ? L'homme était métamorphosé, Simone rayonnait. En bonne chrétienne, elle y voyait sans doute la main de Dieu.

Rythmées par les vacances scolaires, les retraites à La Bussière se multiplièrent et les rencontres avec le Père Étienne aussi. Il n'était plus rare de voir Dédé devisant avec l'instituteur, devenu chauffeur "titulaire" du curé. C'est au cours d'une de ces énièmes visites que le Père Étienne avait pris les mains de Reine dans les siennes.

– Je suis fatigué et inapte à toute conduite ; vous êtes jeune, je vous confie Titine ; j'ai fait le nécessaire avec l'auto-école Notre-Dame qui vous préparera au permis. Tout est réglé, je vais en parler à Monsieur Renaudin.
– Mais, mon Père…
– Pas de mais, ma petite, ma décision est prise, d'ailleurs tout a été organisé. Bonne chance ! À Bligny ou à Dijon, venez me voir, c'est tout !

Informé et enthousiaste, dès le retour, Dédé s'était improvisé moniteur d'auto-école avec une Reine au volant de sa belle traction dans la campagne dijonnaise. Quelques embardées ajoutées au savoir-faire de l'école de conduite firent le reste. Non sans une certaine fierté, accompagnée de Dédé et Simone, par une belle matinée de juin, Reine prit livraison de Titine à Bligny-sur-Ouche.

Ce jour-là le compteur afficha la deuxième vie de Titine.

Reine, de la rue Michelet à la rue Condorcet, avait fini par agacer les bons et mauvais garçons, surtout ceux de la rue du Mouton. Pour les premiers, elle était une bêcheuse ; pour les seconds, "une conne qui voulait péter plus haut que son cul", tout cela parce qu'elle affichait une différence, voire une indifférence, qui au final la faisait respecter de tous. La jolie blonde au volant de Titine avait été la cerise sur le gâteau ! Dédé avait été obligé de louer un autre garage pour abriter l'objet de la convoitise : une voiture à presque vingt ans, à l'époque, il y avait de quoi attiser les plus secrètes jalousies de la part de gamins qui faisaient pétarader les mobylettes, du moins pour les plus fortunés d'entre eux.

Dès lors, la vie des Renaudin devint un tourbillon dont Reine était l'épicentre. Pour la jeune fille c'était l'année du bac. Même studieuse, douée, une scolarité chaotique dès sa petite enfance n'avait pu empêcher un retard de quelques années. Ajoutées à cela, les compétitions sportives et Titine, qui donnaient une autre dimension à la vie de la Nuitonne. Sans se l'avouer franchement, Reine appréciait cette nouvelle liberté à quatre roues et moteur à explosion. Et la foi, dans tout cela ? Rien ! Rien n'avait changé dans ses convictions religieuses. Les révisions acharnées n'empêchaient aucunement ses passages au magasin où des cohortes, des manipules d'archanges, d'anges de plâtre ou d'albâtre veillaient sur elle. À l'image de Dédé, les dimanches après-midi étaient réservés pour les sorties champêtres, pour "lui faire la main" comme se plaisait à souligner un Dédé entièrement soumis à sa cause. Les virées dominicales, juste après la grand-messe, se partageaient entre La Bussière, Bligny ou le Mont Rolland. Le Père Étienne se voûtait, chevrotait un peu plus à chaque visite, toujours flanqué de son inséparable laïque. La vie de la vallée s'écoulait au goutte-à-goutte, indifférente au monde qui l'entourait. Et puis, un soir, tout bête, tout ordinaire, il y avait eu la phrase cruelle d'une

Reine décidée :
– Après mon bac, j'entre à Notre-Dame de Frémois, nous en avons longuement parlé avec le Père Joseph et le Père Étienne…

Dédé avait lâché sa fourchette, Simone avait pâli. Les douze années "bonheur" allaient s'arrêter là, suspendues à une décision mûrement réfléchie. Dédé n'avait pu empêcher un reniflement comme l'aurait fait un gosse pleurnicheur…

La tristesse s'installait dans le petit logement de la rue Michelet.

De Reine à Marie-Reine

Si de Dijon on prenait la route de sœur… ou plus sérieusement, si de Dijon on prenait la route de Seurre, on aurait sans doute trouvé, à l'époque de Reine, le couvent de Frémois. C'était une suite de bâtiments bordant une vaste cour rectangulaire avec, en son centre, un grand puits de facture gothique jurant (il ne faut pourtant jurer de rien en ces lieux de recueillement), détonnant avec le plus pur style roman du reste du couvent, et une promenade bordée de colonnes rappelant les péristyles néo-classiques : chaque époque avait apporté sa propre contribution architecturale.

En ce temps-là, Frémois était entouré de fermes et cette harmonie rurale aurait pu durer s'il n'y avait eu ces dévoreuses de terres et d'hommes que sont les zones industrielles. Que de belles aventures humaines aura-t-on sacrifié sur l'autel du progrès ! Une vingtaine de kilomètres plus loin, toujours sur la même route, Cîteaux avait mieux résisté. Comment concevoir un tel rayonnement spirituel qui allait illuminer l'Europe entière à partir de cette abbaye cistercienne, juste quelques corps de ferme autour d'un édifice religieux. Frémois, qui n'avait pas cette prétention, avec ses cornettes qui s'agitaient dans tous les sens, faisait penser à une ruche où la Mère supérieure Marie-Odile régnait sans partage.

Reine et Titine avaient été chaleureusement accueillies par les "ouvrières" bourdonnantes de plaisir. Marie-Odile avait toussoté, l'essaim s'était calmé. Pour Titine, la grange, pour Reine une cellule proprette qui allait, des mois durant, devenir

son lieu de vie. La surprise avait été totale pour Marie-Odile qui ne s'attendait pas à accueillir une pensionnaire motorisée. Plutôt boulotte, la religieuse avait vite saisi le parti qu'elle pouvait tirer d'une telle aubaine mécanisée, qui la sortirait de l'immobilisme du couvent, se voyant sans doute visiter quelques consœurs de la région.
– Bienvenue à Notre-Dame de Frémois, mon enfant ; un courrier du Père Joseph vous a précédée, une page d'éloges, chez lui c'est plutôt rare.

Après l'installation de Reine, il y avait eu l'indispensable tour du propriétaire effectué par l'omnipotente, l'omniprésente Mère supérieure accompagnée d'une cour que l'on aurait pu qualifier de basse, du fait de l'incessant caquètement des religieuses accompagnatrices. Reine était belle, mais ne le savait pas ; c'est Marie-Odile qui le lui avait dit et l'avait mise en garde.
– Vous êtes une tentation pour le Malin, nous vous protégerons.
Mise en garde ? Avertissement ? La jeune fille ne sut jamais comment interpréter la remarque de la supérieure. Ce qui était certain, c'était le bouleversement occasionné par la venue de Reine et Titine. Pour ne pas l'apeurer, Sœur Marie-Odile avait eu la délicatesse de présenter, non pas une cellule, mais une chambre à la future religieuse qui regrettait déjà son nid douillet de la rue Michelet. Mais après tout, cette situation n'était-elle pas l'aboutissement d'un rêve d'enfant ?
Très vite la routine s'était affirmée dans la nouvelle vie de Reine, devenue Marie-Reine, qui avait au passage reconnu l'incroyable organisation de cette communauté. L'exploitation de quelques terres agricoles jouxtant le couvent avait d'abord

amusé la jeune fille : sarcler, biner, planter, récolter était le lot quotidien de nos chères Sœurs, en dépit de la rigueur de leurs invariables tenues, quels que soient les caprices de la météo. La vie de Sœur Marie-Reine allait-elle se figer là, une fois pour toutes, sur ce carré de terre bourguignonne ? C'est à partir de l'affaire du jogging que s'étaient posées les vraies questions quant au devenir de la Nuitonne. Sportive, la jeune fille avait émis le souhait de faire quelques foulées autour du couvent ; la réponse de la supérieure avait eu le mérite d'être claire :
— Un couvent n'est pas un gymnase, les travaux de la communauté pallieront largement vos besoins d'efforts physiques.
Rideau, la messe était dite… et la vie avait repris son cours. La jeune religieuse fit d'abord connaissance avec la lingerie, puis les corvées de la cuisine. Elle intégrait de manière irréversible la ruche, où la vie était rythmée par la prière.

Pendant ce temps-là, Titine sommeillait dans sa grange. Marie-Reine aurait pu être révoltée après ce refus catégorique mais il n'en fut rien : en brave fille, la Nuitonne admettait, voire cautionnait la règle du jeu. La Mère supérieure s'en aperçut ; dès lors, leurs relations ne furent pas sans rappeler la complicité ayant existé avec Bécassine. Pour Titine, qui piaffait des quatre pneus, une première sortie à Beaune fut bénie. Pendant le court trajet, elles eurent le loisir de s'entretenir de la vie au couvent. De la confiance à l'amitié il n'y avait que quelques tours de roue supplémentaires.
— À l'image de nos frères cisterciens, nous produisons des fromages ; nous, ce sont des chèvres ; le commis de la ferme voisine qui assure la livraison au marché de Dijon a l'intention de quitter la région, pourriez-vous reprendre la suite ? Cela vous changerait de la routine de Frémois.

Dans sa tête, Reine s'était livrée à un calcul rapide : l'occasion rêvée pour faire un crochet rue Michelet où, depuis quelques mois déjà, elle n'était pas retournée.

Si elle avait pu savoir ce qu'elle trouverait dans ce Dijon…
Ça n'avait pas traîné. Cette religieuse-là était, par sa carrure, sa nature, préposée aux travaux agricoles. Marie-Reine, rêvassante, s'acquittait de sa corvée de pluches. L'hommasse était arrivée par derrière, d'un pas félin qui tranchait singulièrement avec sa stature. Prestement, elle avait glissé son énorme main dans l'échancrure de la chemise en toile de la jeune fille. Celle-ci avait fait un bond, saisi le poignet de Sœur Angélique, et, d'une torsion adroite et ferme dans laquelle elle mit toute sa force, l'avait déséquilibrée et réussi à la faire tomber sur les genoux. La Nuitonne venait de faire connaissance avec une facette tout à fait inattendue de la vie au couvent ; dorénavant, elle se tiendrait sur ses gardes.

Pendant ce temps-là la supérieure affinait, ce qui était naturel, son projet de livraison de fromages, un petit plus pour la communauté qu'elle ne lâcherait pas.

Dans sa cellule, fermée à double tour depuis l'incident, Reine méditait plus qu'elle ne priait. N'avait-elle pas idéalisé un peu hâtivement son entrée en religion ? Que savait-elle, au fond, de cette vie-là ? Elle ne l'avait en fait que côtoyée en pointillés, comme une visite d'appartement témoin où tout est conçu pour ferrer le chaland, avait-elle soupiré pour elle-même. Bah ! s'était-elle rapidement consolée, n'avait-elle pas la vie devant elle ? Après tout, même si ça y ressemblait, ce n'était tout de même pas la prison !

Le projet des petits chèvres avait traîné en longueur, en lenteur. Il avait fallu obtenir des autorisations, remplir des formulaires avec les détaillants et, non moindrement, avec l'évêché. Décidément, la paperasserie, la bureaucratie, s'infiltraient partout. Contrairement à ce qu'avait pronostiqué Marie-Odile, les travaux ménagers, même les plus pénibles, n'avaient pas affecté la jeune future Sœur ; ils produisaient plutôt l'inverse, un effet de stimulant ; et quelle n'aurait pas été la surprise de la Mère supérieure si elle avait pu voir sa pensionnaire pratiquer sa séance quotidienne d'abdos ! L'hommasse, domptée, avait remisé ses velléités amoureuses au panier de l'oubli. À la manière d'un détenu, la religieuse avait fait son trou, s'était imposée. Ce qui avait si bien fonctionné à Sainte-Ursule faisait ses preuves à Frémois.

Pourquoi la langue française emploie-t-elle le même mot pour désigner le temps qui passe et celui qu'il fait, alors que nos voisins anglo-saxons font la différence ? Parce que les saisons se courent après ? Qu'il vente ou qu'il s'écoule, le temps de la montre et celui des nuages ne sont-ils pas étroitement liés ? C'est à peu près à cela qu'elle pensait, Reine, blottie dans la saison froide.
– Demain vous livrez à Dijon, prenez votre après-midi pour préparer Titine.

Les dernières gelées blanches avaient une fois encore habillé le couvent. Personne ne se plaignait de l'épaisseur des vêtements. Depuis combien de temps la religieuse n'avait-elle pas mis le nez dehors ? Ses promenades dans la verdoyante vallée faisaient partie du passé ! L'escapade beaunoise était de l'histoire ancienne… une éternité. Reine avait plongé la lanière de cuir dans le réservoir, fait son niveau d'huile ; pour cela elle avait reçu les excellents conseils de Dédé. Et ceux-là, que devenaient-ils ? Un brouillard de tristesse voila ses yeux. Dieu que cela semblait lointain. Si avenante soit-elle, Sœur Marie-Odile n'avait jamais transigé avec les visites à l'extérieur ; saint Chèvre allait la sortir de là.

Denis

Denis Menez fit la grimace ; il avait gelé fort pour cette fin mars, et le camion, frileux lui aussi, peut-être trop vieux, serait difficile à démarrer. Port-Lesney, en nuisette de gelée blanche, accueillait ce qui aurait dû être un doux printemps. "Décidément, cet hiver ne finira jamais. Une cinquantaine de meules à charger me réchauffera !" soliloqua l'homme en se frottant les mains, persuadé que ça faisait partie de la vie, voilà tout. Deux heures de route ; si Dole passait bien, deux points délicats, Auxonne, Genlis… Bah, à quoi bon se lamenter à l'avance, d'abord faire démarrer la bête, un oublié de la dernière guerre qui devait sa survie à de nombreux rafistolages. Le Mercedes hoqueta, toussota, puis crachota un jet noir et se mit à trembler comme un animal malade.

À Frémois, Sœur Marie-Reine s'activait pour charger Titine : plusieurs plateaux de chèvres, - des pâtés d'enfant, pensa-t-elle. Quelques cagettes de salades venaient ensuite s'ajouter sur les sièges déjà bien occupés. Diable, s'était-elle entendu dire, être debout à cinq heures pour livrer des laitues… À ce titre, elle avait été dispensée de certaines prières, tout aussi matinales, elles aussi. Une vie de métronome, une partition sans musique d'une vie réglée à la minute près ; mais ne l'avait-elle pas choisie, après tout ! Elle appelait cela ses mauvaises pensées. Une ruse du Diable ? Pourtant, son intégration dans cette petite communauté de l'Espérance s'était plutôt bien passée.

Pour Sœur Marie-Odile, chaque nouvelle recrue était une victoire sur le Malin. Elle dirigeait son couvent en affichant un

éternel sourire, dispensant, de-ci, de-là, un conseil, un mot de réconfort. Cette Mère supérieure était appréciée pour ses qualités humaines, y compris par des personnes extérieures au couvent. Une certaine rotondité surmontée d'une face de lune ne laissait aucune prise à la méchanceté. Jamais le terme de bonne sœur n'avait été aussi bien porté. Ce matin-là, dans la cour balayée par une brise glaciale, elle s'était approchée de Marie-Reine.
– Ma petite, quel est ce voile de tristesse dans vos yeux ?
À un autre moment, il y aurait eu de quoi rire car la "petite" dépassait la religieuse d'une bonne tête.
– L'immobilisme, ma Mère. Je veux servir notre Seigneur autrement qu'en transportant des salades : soigner, secourir, bref, être utile…
– Ah, l'impatiente jeunesse qui ne saura jamais attendre ! Demain, je dois rendre visite à Sœur Emmanuelle, une amie, aux Hospices ; vous m'y emmènerez. Là, nous reparlerons de tout cela.
À la seule évocation de Beaune, le chargement fut terminé prestement et Titine quitta la cour.

Denis poussa un juron, à l'entrée de Mont-sous-Vaudrey.
– Merde, manquait plus que ça, du brouillard, putains de rivières !
Pourtant, ce matin-là, à main gauche, le château de Clairvans se détachait nettement de sa ligne de crête avec déjà des fenêtres éclairées. Voilà qui n'arrangeait pas son affaire, les détaillants n'aimaient pas attendre, lui non plus d'ailleurs. La ponctualité, il la tenait de son père, "la politesse des rois" disait ce dernier. Et ce n'est pas le Val-de-Saône qui arrangera les choses, ce maudit brouillard allait le suivre jusqu'à Dijon ! Peut-être ? Sur la

fruitière de ses parents, il avait fabriqué puis cloué un joli panneau de bois vernis où l'on pouvait lire en lettres rouges "Claude et Denis Menez, artisans fromagers de père en fils". Une affaire reprise à un ancien du village qui pensait qu'à plus de nonante ans, se lever à quatre heures était un peu tôt. Les deux prénoms associés avaient été une idée du père qui n'avait jamais voulu en démordre, histoire d'inscrire une suite à son activité.
Très vite, très jeune, Denis avait été initié par un de ces apprentissages à la dure avec passage du permis de conduire, le mettant à pas vingt ans devant des responsabilités d'adulte. En cela, le patriarche avait été très moderne. Pour toutes ces raisons, Denis se retrouvait aujourd'hui au volant de son tacot brinquebalant de toutes ses ridelles. C'est à tout cela qu'il pensait, le nez collé sur son pare-brise, essayant de discerner l'accotement.

Partir du lait pour arriver à cette bonne pâte qui deviendrait elle-même une meule de bon comté d'une quarantaine de kilos. Certes, cela ne se faisait pas tout seul, tourner, retourner, racler dans les caves d'affinage des centaines de meules, astiquer les grands chaudrons cuivrés, sélectionner, puis vendre. Lui et le père n'étaient pas de trop pour faire tourner la boutique.

À Fauverney la purée de pois n'était plus qu'un souvenir ; un quart d'heure de retard, finalement, ce n'était pas si dramatique. Ce qui l'était, par contre, c'était cette 2 CV garée sur l'emplacement des camions de livraison. Déjà, Denis pensait à l'engueulade musclée qu'il adresserait au proprio ! La chose aurait été possible s'il n'était pas resté sans voix. Pas un, mais une propriétaire, et en plus une bonne sœur ! C'est à ce moment-là que Marie-Reine se retourna pour faire face à ce grand gaillard ; une belle allure, un visage franc et ouvert, bouclé et aussi roux qu'un Irlandais ; deux pommettes saillantes attestaient de sa qualité de "Made in Jura".

"Une bonne sœur !" ; puis très vite, dans sa tête, une réaction de mec : "et super canon, quel gâchis !" ; à haute voix, cela donnait quelque chose de totalement différent :
– Un coup de main, ma Sœur, ça ira plus vite. Je vais prendre votre emplacement.
– Merci Monsieur, ces jours de marché, les places de parking se font rares, avait-elle déclaré comme pour s'excuser.
Elle n'avait pas dit non, et déjà Denis avait saisi une cagette de fromages dans le coffre. Marie-Reine avait fait de même, et en quelques minutes le déchargement était terminé.
– Vous savez, ma Sœur, les miens sont plus gros que les vôtres.
– De quoi parlez vous donc ?
– De fromages, pardi, venez voir !
Denis joignit le geste à la parole en ouvrant son camion. La Sœur avait un sourire d'enfant en contemplant ces énormes meules.
– Merci pour l'aide, je dois rentrer, excusez-moi encore pour la place.

Titine venait d'accomplir sa première livraison au marché de Dijon. Denis garait son camion ; devant ses yeux il y avait encore le joli sourire de Marie-Reine. Puis il avait fallu faire la route en sens inverse, par le chemin des écoliers, livrer d'autres détaillants. Une fois de plus le Mercedes s'était acquitté de sa tâche, mais pour combien de temps encore ? Il faudrait bien un jour se résoudre à changer la bête. Claude Menez attendait

son fils, quelle que soit l'heure du retour.
– Alors, Denis, quoi de neuf chez les Bourguignons ?
– Jamais contents, ceux-là, un quart d'heure de retard et c'est le drame !
– … Rencontré des connaissances ?
– Heu non, à part une bonne sœur qui m'a piqué ma place de livraison.
Les dialogues n'étaient jamais plus fournis que ce bref échange de phrases banales, dans cette campagne on avait le souci de l'économie, même celle des paroles.

Vous parlez, le Denis, vous auriez pu lui demander n'importe quoi ! Il se contrefichait effrontément du monde qui l'entourait. Il naviguait sur un beau nuage blanc dont les contours évoquaient, pour lui seul, une cornette, par exemple. Son univers à lui se résumerait dorénavant à ses fromages et surtout à ses voyages à Dijon. Claude le trouverait un peu moins attentionné à son travail, considérant avec bonhomie que ce passage à vide serait à imputer au compte de la jeunesse.
– Dis, gamin, t'aurais pas une bonne amie, des fois ? Il ne se passe pas un jour que Dieu fait sans que Colette ne passe à la fruitière !
– Laisse donc le bon Dieu et Colette en dehors de tout ça !

Cela avait été sa seule réponse… et voilà la mère qui revenait à la charge entre le potage et le pot-au-feu.
– Tu sais, mon Denis, je vois bien que tu as la tête à l'envers, on ne peut, on ne doit rien cacher à une mère. Qu'as-tu donc ?
C'est le père qui avait répondu :
– Laisse, tu sais bien qu'il est pas un causeux, not' gamin.

Sans être spécialement pratiquants, les Menez étaient croyants, plus par habitude que par conviction. La foi devait se transmettre de mère en fille, les hommes s'en fichaient un peu, ils ne faisaient que suivre le mouvement. Les processions, à la fête de Marie, se terminaient pour eux, souvent, au bistrot, persuadés qu'ils étaient que les histoires de religion, au même titre que les affaires de princes et de princesses, étaient réservées aux filles.

Et, franchement, qu'aurait pu dire Denis ? Même si les questions devenaient pressantes, embarrassantes. Qu'il avait revu Marie-Reine ? Que chaque semaine ils déchargeaient Titine ? Qu'ils avaient failli se cogner en saisissant l'un et l'autre une cagette de laitues ? Qu'ils en avaient ri ? Qu'il avait plongé ses yeux dans ceux de la Sœur ? Que leurs lèvres avaient été assez proches pour qu'ils en ressentent leurs souffles respectifs ? Qu'aurait-il pu leur répondre, à ces deux presque vieux inquiets ? Qu'ils volaient tous les deux un quart d'heure sur leurs livraisons pour arpenter la rue Bannelier, la rue des Godrans, sans jamais s'avouer que la première personne du pluriel leur était agréable. Pour ce quart d'heure-là, Denis en demanderait un peu plus à son bahut aux bielles fatiguées. Quant à Marie-Reine, le lien de confiance mutuelle établi avec Sœur Marie-Odile rendait possible ce petit écart dans l'heure de son retour.
Si Denis savourait particulièrement ces courtes promenades, la tenue de la religieuse le gênait un peu. Marie-Reine demeurait silencieuse, mais n'en pensait pas moins. Déambuler à côté du rouquin, en jean et chemisette à carreaux, la mettait mal à l'aise. Mais ce petit désagrément ne durait jamais bien longtemps, le problème n'était que vestimentaire.

Ah, le joli mois de mai ! Quel piégeur, celui-là ! Les mini-jupes, qui n'en finissaient pas d'être minis, tranchaient singulièrement sur la stricte tenue de Marie-Reine. Comment s'étaient-ils retrouvés place Grangier avec, pas si loin que ça, le Grand Jus qui invitait les promeneurs à faire terrasse ? Pour Denis, les halles dijonnaises constituaient le gros de sa clientèle : la plupart de ses meules trouvait ici acquéreurs, le reliquat étant livré au retour. Non seulement il s'affairait au déchargement de sa cargaison, mais il se chargeait aussi des cagettes et des plateaux de Titine ; ça c'était récent, et il avançait un argument pitoyable :

– Vous savez, ma Sœur, j'ai l'habitude, à deux ça va moins vite, on se gêne !

Cependant, par forte chaleur, ces deux tâches cumulées pouvaient donner soif.

– Un pot en terrasse ? Ça vous tente ?

– Pas très raisonnable de s'afficher en public !

– Bah ! vous pourriez être ma sœur, je veux dire moi, votre frère.

Marie-Reine s'était laissée convaincre ; une fois assis, l'homme poussait son avantage :

– Moi c'est Denis, et vous ?

– Ma Sœur, tout simplement.

– Mais une Sœur ça a tout de même un prénom ?

– Marie-Reine, avait répliqué la jeune fille, avec un certain embarras.

– Trop long, je trouve que Cornette vous irait mieux.

– Denis, n'attendez rien de moi, dans quelques mois je prononce mes vœux.

Elle avait dit tout cela d'une voix un peu grave, un peu lasse, et surtout pas convaincante. À eux deux, ils ne totalisaient pas quarante ans. Qui étaient-ils au fond ? Deux jeunes qui découvraient la vie par une chaude matinée du mois fleuri. La Sœur regagna, plus vite qu'elle ne l'aurait voulu, Titine, comme si elle avait voulu fuir, mais fuir quoi au juste ? Elle ne le savait pas trop bien. De son côté, le Jurassien avait craint de l'avoir froissée par sa hardiesse, sa maladresse. Le chemin du retour serait plus triste qu'à l'accoutumée.

Claude, qui avait ressenti le malaise au premier coup d'œil, n'osait rien dire. C'est au moment où son fils se lavait les mains sur la pierre d'évier que sa mère l'avait pris à part.
– Mon Denis, ces retours de Dijon te donnent une mine d'enterrement. Que s'y passe-t-il donc pour te mettre dans cet état ? Une bonne amie ? Son nom ? C'est comment ?
Le mitraillage de questions avait fait son effet. Las, Denis prit un tabouret et s'assit.
– Marie-Reine.
– Mais c'est un prénom de bonne sœur, ça !
– Justement, c'est une bonne sœur.
Le père, arrivé entre temps sur le seuil, éclata de rire.
– Mon fils, entiché d'une bonne sœur !
Devant l'air catastrophé de son rejeton, l'hilarité paternelle s'était arrêtée net.
– Pouvez pas comprendre, moi non plus, d'ailleurs.

Ce soir-là, la soupe avait été vite avalée et le rôti boudé. Denis ne vivrait que pour atteindre le mardi suivant. Qu'allait-il trouver ? Un champ de ruines sur leur récente amitié ? Il finit par arriver, ce mardi ! La place du marché avait revêtu son habit de tristesse, il tombait des cordes. Denis, par crainte d'une

confrontation brutale, était arrivé volontairement en retard. Quelle ne fut pas sa surprise d'être accueilli par le large sourire d'une Marie-Reine ruisselante qui avait commencé à décharger les premiers plateaux de Titine.
– Bonjour, Denis. Alors, on boude Cornette ?
Le Franc-Comtois avait perdu, à cet instant, plusieurs kilos. S'il avait pu, il aurait volé ; troublé, il répondit :
– Non, ma Sœur, heu… Marie-Reine, j'arrive.

La terrasse de la semaine suivante avait été, à son grand étonnement, suggérée par Cornette. L'entrevue avait été agréable, la discussion s'était prolongée. Seul le retour avait été assombri par quelques moqueries, quelques railleries de certains habitués qui constituaient ce petit monde des marchés (les mêmes depuis des dizaines d'années). Dans ce milieu-là on travaillait dur et de bonne heure, celle où on se lève et celle où l'on est encore un enfant. Ici on pouvait être moqueur ou raciste, plus par habitude, par bêtise. Ça se traduisait par un "Bonjour messieurs-dames" ou un "Vos enfants vont bien" ? Mais au fond ce n'était pas méchant.

Les semaines passant, les vendeurs s'étaient habitués à ce couple insolite, sauf un, le gros Raymond, qui en voulait à ces deux-là, à leur insolente jeunesse, par jalousie ? Peut-être. Ce vendeur de primeurs, un mardi, s'était surpassé dans sa gouaille blessante. Denis, calmement, s'était retourné et avait écrasé la face de l'obèse dans une cagette de tomates. Des applaudissements nourris avaient salué cet exploit. Heureusement, Marie-Reine avait pris une bonne dizaine de mètres d'avance. Ce jour de terrasse, ils s'étaient laissés aller à parler de leur enfance, grignotant largement le rituel quart d'heure. Ils évoquaient maintenant, avec des rires complices, la face Ketchup de l'adipeux vendeur de légumes. Les bruits conjugués des moteurs du Mercedes et de Titine annonçaient que, pour aujourd'hui, la récréation était finie.

Il avait bien fallu regagner le couvent avec, dans la tête, ces nouvelles tranches de vie, ce sentiment tout neuf dont elle n'avait pu donner aucune définition, aucune explication. Une fois de plus elle s'en remettait à Dieu.

Dans la grande nef, parlant quasiment à haute voix, Marie-Reine invoquait le Seigneur, agenouillée, face à la grande croix. Ni le Père, ni le Fils, ni même le Saint-Esprit n'étaient venus en aide à cette âme tourmentée. Plusieurs fois elle avait failli se confier à la Mère supérieure, mais la crainte de se voir interdire le marché l'en avait vite dissuadé. Alors, toujours dans le monde terrestre, n'ayant aucune réponse du céleste, elle se mit à penser au Père Étienne. Lui au moins la comprendrait. Elle se promettait de faire un jour le voyage à Bligny ou à La Bussière.

Dans d'autres circonstances, une jeune fille qui tombe amoureuse, et encore, rien ne le prouvait, d'un garçon de son âge, rien que du banal. Mais elle, Marie-Reine, qui se croyait définitivement tournée vers Dieu ! Toutes ces années d'études, de certitudes, – et une rencontre fortuite avec le premier venu avait suffi à ébranler, gommer, occulter cet univers de croyance, de don de soi, de prière ! Toujours agenouillée, elle se crispait, serrant les dents, dévorait des yeux le crucifix, implorait une réponse, un signe. Un craquement la fit sursauter.
– Mon Dieu, mon Dieu, vous m'avez entendue ?

En guise de manifestation surnaturelle, c'est de façon naturelle qu'une Sœur venait de pousser la lourde porte de bois.
– Ah c'est toi, avait-elle dit, déçointée, à l'arrivante.
– Heu oui, qui veux-tu que ce soit ?
– Non, rien, excuse-moi.
– Quelque chose ne va pas, Marie-Reine ?
Pour toute réponse, elle s'était levée, décidée à trouver un endroit plus calme, propice à ce combat intérieur. La nuit vint à son secours, du moins au tout début, après les prières du soir. Mais très vite elle se souvint que c'était lundi, que le lendemain elle retrouverait Denis : juste ce qu'il fallait pour une longue séance de remue-méninges prometteuse d'une nuit blanche.

Ce jour-là, Claude n'avait pas attendu Denis, il n'y avait pas eu d'échange de phrases banales ; c'est dans la cuisine que cela se passait, où plutôt que rien ne se passait, où le seul bruit était le sifflement de la bouilloire. Le père était silencieux. Quant à son épouse, elle sanglotait à petits reniflements, à petits gémissements. Denis pensa immédiatement à un oncle décédé, mais ces deux-là ne disaient rien. Il y a une chose que l'on ne possède pas à vingt ans, c'est la patience, et Denis, n'y tenant plus, aboya plus qu'il ne parla :
– Alors, le père ?
C'est la mère qui répondit entre deux sanglots :
– Les gendarmes, ils sont venus pour toi.
– ???
– Ils ont apporté des papiers militaires, tu pars.
– Où ça, je pars ?
– Pour l'Algérie.
– Qu'est-ce que je vais aller y faire, en Algérie ?
– La guerre, répondit le père.

– La guerre, elle est quasiment finie, la guerre, le Grand Charles a promis…

Denis soupira ; une journée qui avait si bien commencé, ce mardi, avec Cornette, bien sûr. Malgré une gelée précoce qui rappelait, en cette fin d'automne frémissante, que l'on était bien dans le Jura. Le service, bien sûr, il s'y attendait, n'avait-il pas déjà fait ses trois jours ? Trois journées où on lui avait asséné des questions idiotes. De toute façon, le médecin avait tranché : "Avec une carrure pareille, vous valez deux soldats". Quelques-uns du village étaient déjà partis, mais pas comme ça, lui semblait-il, pas de manière aussi brutale : juste une dizaine de jours devant lui. La soupe et le morceau de fromage furent vite avalés, seul lui avait mangé. Dans sa tête, de drôles de trucs tournaient, et il se surprit à dire :
– Si ça se trouve, c'est un coup du bon Dieu, mes affaires avec Marie-Reine, ça doit pas lui plaire, au Barbu.

Denis aimait ses parents, à sa manière bien à lui, comme un garçon timide qui avait hérité de la belle prestance de son grand-père maternel. Le Claude et la Mathilde tenaient dans ses deux bras ; il posait alors sa tête de saint-bernard sur la frêle épaule de sa mère et serrait jusqu'à la broyer la main du Claude…
– Ah, mes Vieux ! disait-il en les étreignant, peut-être un peu plus fort que d'habitude.
C'était tout, il n'y avait jamais eu autre chose…

Claude et Mathilde l'observaient, sans mot dire. Il y avait urgence à rassurer, à réconforter. Il avait alors minimisé son appel sous les drapeaux, parlant d'un simple aller-retour : cette

guerre, que personne ne voulait nommer, était pratiquement terminée. Un gars du village n'en était-il pas déjà revenu, de cette Algérie ? Ce que Denis avait tu, c'était le mutisme de ce libérable, seul rescapé d'une embuscade, muré dans son silence. Qu'avait pu vivre ce soldat meurtri, du dedans comme du dehors ?
– Demain j'irai livrer mes fromages, une paire de mois sera vite passée…
– Et dire au revoir à ta belle, avait rétorqué malicieusement le père.
– Mon pauvre garçon, avait soupiré la mère.

Cela avait été leur dernière soirée. Denis prendrait le train le lendemain soir, à son retour de livraison. Il préparerait sa valise avant d'aller au lit… Et la terre aurait eu le temps d'effectuer sa demi-rotation, offrant aux hommes le miracle du jour naissant salué par l'astre solaire. Denis sifflotait et parlait… à son camion.
– Toi, au moins, tu n'as pas d'état d'âme ! Que tu transportes des soldats à la boucherie ou des fromages, tu t'en fiches, tu obéis, tu n'es pas teuton pour rien.
La seule réponse fut le ronronnement du Mercedes. Le Jurassien enclencha les vitesses sans un regard pour Port-Lesney qui s'évanouissait dans la brume matinale.

Ce soir, tout irait très vite, c'était voulu. Gilles, un pote, viendrait le prendre pour l'emmener à la gare de Mouchard, afin de couper court aux pleurnicheries qui ne manqueraient pas de survenir si le départ de ce fils unique se prolongeait. En montant sur le marchepied du wagon, jamais Denis n'aurait pu imaginer vers quel destin il s'embarquait…

À l'arrivée à Dijon, le sourire de Cornette l'avait rassuré. Pour sa dernière journée en qualité de civil, autant que ce soit réussi. La corvée de fromage fut vite expédiée. " Toujours ça de gagné pour notre terrasse ", avait conclu Denis. Ils étaient bien loin des réticences, des retenues du début ; ils appréciaient tous deux ces étals de fruits et légumes, source inépuisable de couleurs que n'aurait pas désavoué un peintre de natures mortes. Ils s'amusaient aussi des voix exagérément criardes vantant la presque fraîcheur d'un fruit ou d'un poisson, des buveurs de petits blancs, de l'œuf dur cassé sur le comptoir… Tout cela faisait partie désormais de leurs jeunes vies.

Le garçon du "Grand Jus", en tablier noir, tout courbé, tout cassé, les traitait en habitués. Il les accueillait par un "Bonjour jeunes gens" qui ne reflétait aucune malice de sa part. Professionnel, il avait proposé le chocolat ou le diabolo menthe à Marie-Reine et l'invariable demi à Denis. Celui-ci lâcha :
– Notre dernière terrasse, Cornette. Ce soir, je pars pour le service militaire.
– Depuis quand le savez-vous, Denis ?
– La semaine dernière, en rentrant du marché.
– Vos parents, ils le prennent comment ?
– Mal, un fils unique qui s'en va…
– Et toi ? avait-elle osé.
Les joues du fromager s'étaient empourprées.
– Je suis assommé ! Tellement soudain, tout ça, une grosse baffe qui m'a mis K.-O. !
Elle avait posé sa main sur celle de Denis. Il n'avait pas bougé, savourant cet instant délicieux qu'il espérait depuis des semaines… Lui et Marie-Reine, comment cela avait-il pu être possible ? Cette main, il l'emporterait bien loin, dans les oueds,

les djebels et autres caprices de la nature nord-africaine.
– Vous serez ma marraine de guerre, il paraît que ça se fait, nous nous écrirons. Je vais vous présenter à Fred, un pote à moi, il tient le "Tire-Bouchon", c'est à deux pas d'ici. Il fera office de boîte aux lettres.

La Sœur avait gardé cette main jusqu'au moment de quitter la terrasse. Après de brèves présentations chez Fred, ils s'en étaient retournés vers Titine. Bien qu'il n'y ait plus rien à décharger, Marie-Reine avait ouvert le coffre, créant un abri illusoire les protégeant des regards indiscrets. Elle avait approché son visage de celui de Denis, de ses lèvres, et maladroitement ils s'étaient embrassés : ni l'un ni l'autre ne savaient…

Cette première lettre, elle s'en souviendrait longtemps : d'abord parce qu'elle l'avait espérée, ensuite à cause de son contenu qui dénotait franchement avec leur baiser unique et maladroit. À peine vingt petits grammes de papier couvert d'une écriture scolaire, parfois hésitante, mais appliquée. Trois longues semaines, elle avait attendu ce petit rectangle strié en bleu, blanc, rouge sur son pourtour. Elle s'était promis de demander à Fred l'explication de termes barbares, tels que RPC, MAS 36 à crosse repliable ou encore FM 24/29. À sa grande surprise, l'écriture ne traduisait aucune tristesse, le ton était plutôt enjoué, léger, voire enthousiaste, comme si l'auteur se trouvait bien là où il était. C'est du moins ce qu'elle avait ressenti et s'en était trouvée un peu attristée. À la fin de la lecture, elle avait conclu un peu hâtivement :
– Un coup de clairon et les voilà tous qui accourent…

Il est vrai qu'il n'avait parlé que de lui, que Cornette n'était

apparue qu'à la fin, blottie dans une hâtive conclusion. Tout aussi vrai, ils n'avaient ni l'un ni l'autre abordé l'inéluctable et imminent appel sous les drapeaux, bien loin de leurs préoccupations de ces dernières semaines. Était-ce pour combler ce vide que Denis avait parlé de sa préparation militaire à Tavaux où il avait effectué cinq sauts à une altitude moyenne de cinq cents mètres à partir d'un Junker ? Encore un nom dont elle demanderait l'explication au patron du "Tire-Bouchon" ; la liste s'allongeait au fur et à mesure de la lecture. La lettre continuait par le détail de ses débuts de classes à Calvi ; il y était toujours question de sauts, mais cette fois-ci à partir d'un Dakota C47. Denis parlait, non sans fierté, de son brevet de para de jour. Il conclut par sa traversée sur le Ville d'Ajaccio pour atteindre l'île de Beauté, au cours de laquelle un mal de mer féroce l'avait accompagné pendant une dizaine d'heures. La terre, l'air, ces deux éléments lui convenaient ; pour l'eau, c'était moins probant.
– Ainsi, il faut retourner en classe pour faire la guerre ? avait demandé Marie-Reine à Fred.
Le bistrotier avait souri puis, patiemment, lui avait expliqué tout ce bazar guerrier propre à l'humanité combattante.

La deuxième lettre reflétait une certaine tristesse qui, égoïstement, avait ravi la religieuse. Finis les RPC, les MAS et autres mots de cet acabit ; l'écriture, toujours aussi soignée, parlait cette fois-ci directement au cœur. Passé l'enthousiasme du début et l'effet de nouveauté, l'ennui semblait gagner le jeune soldat qui parlait d'un possible départ pour Corte. Fred s'était procuré un atlas qui le secondait efficacement dans ses cours de géostratégie.

L'hiver fit ce qu'il avait de mieux à faire, passer au rythme d'un courrier tous les quinze jours. Titine avait à nouveau affronté les glissades sur les routes verglacées ; au volant, une Cornette crispée qui s'interdisait tout juron pendant cette conduite délicate. La jeune novice expédiait au plus vite sa corvée de fromages avant un passage rapide chez Fred, le temps d'un chocolat, d'une explication. Denis avait évoqué divers stages entre Pau et Tarbes. Le problème de l'Algérie empestait la classe politique et divisait les Français.

Le printemps sans Denis fut pour Cornette un hymne à la mélancolie. En juillet, Denis embarquait sur le Ville d'Alger (il n'avait pas manqué de vomir pendant toute la traversée), pour y rejoindre la centaine du célèbre et du glorieux 11e RPC, le bien nommé 11e Choc qui allait honorer sa devise : "Qui ose gagne".

Le caporal Menez n'eut aucune difficulté à s'intégrer dans cette unité. Il dépendait directement du sergent Burke, son chef de stick, un ensemble composé de dix à quinze hommes. À son grand désarroi, l'essentiel des missions était mené à pied, le groupe pouvant être transporté par GMC ou par hélicoptère Sikorsky. Finis les sauts, il faudrait compter dorénavant sur ses jambes. Le quotidien allait avoir pour cadre la Grande Kabylie, plus exactement Tizi Ouzou au pied du massif de Belloua.

Les missions succédaient aux missions avec deux grands maux proportionnels à la grandeur des crapahuts. Le premier était l'apparition de phlyctènes, plus connues sous le nom d'ampoules, du fait de rangers trop longtemps portées.
La soif constituait le deuxième fléau. Une opération prévue

pour une durée de trois jours au plus s'étant déroulée sur une semaine, les bidons étaient vides depuis longtemps lorsque l'apparition d'un filet d'eau coulant entre deux caillasses avait requinqué le moral du stick. La voix nasillarde du capitaine, par le biais du poste émetteur de campagne, en avait interdit toute consommation, un cadavre ayant été signalé en amont. Tous, sans exception, en burent !

Au retour, Burke, constatant le déclin moral de Denis, l'avait entraîné chez Simone, une sorte de Mata Hari locale qui, tout en monnayant ses charmes, alimentait en renseignements le FLN (mais il ne s'agissait là que de rumeurs). La seule certitude : les pensionnaires étaient jolies et la bière fraîche. Denis n'avait jamais touché les premières, mais abusé de la seconde. Il s'en était tiré avec un mal de crâne et un moral un peu plus en berne.

Dans tous les groupes, quelle que soit la condition sociale, il y a toujours une sorte d'amuseur public, un clown reconnu de tous. En tous cas, chez les Français, c'est comme ça ! Le pitre attitré de la centaine s'appelait Michel Vielh, un Perpignanais de pure souche qui, par sa gouaille à l'accent du sud, remontait le moral de la troupe. Outre quelques chiens errants et le vieux matou de Ballaguère, un gars de Béziers, il y avait Anita, la tortue du vaguemestre.
De surveillance autour du camp, le Catalan, terrassé par une turista, avait dû, dans l'urgence, poser culotte. Son affaire terminée, il avait repris, soulagé, son fusil et sa faction.
C'est en remettant une lettre destinée à Marie-Reine que le préposé au courrier avait formulé cette étrange remarque : "Si je tenais le con qui a chié sur ma tortue" ! L'anecdote avait

fait le tour de Tizi Ouzou ; quant à Vielh, il s'était abstenu de tout commentaire. Cette histoire-là, Denis ne l'avait jamais écrite à Cornette. Pas plus qu'il n'avait mentionné la dernière pitrerie de l'amuseur.

L'Algérie, il ne faut pas l'imaginer sous une éternelle cagnât : les pluies pouvaient être torrentielles et aussi dérangeantes pour les marches que les pires chaleurs. Là, c'est de pluie qu'il s'agissait, avec le retour d'un stick tout dégoulinant.
Rentré au camp, chacun employait sa manière pour se sécher. Michel Vielh, lui, c'est au sèche-cheveux qu'il entreprit l'opération, directement sur un slip qu'il portait encore. Il en résulta une hospitalisation pour de sérieuses brûlures aux testicules. Même le capitaine, rendant compte au colonel de l'incident survenu à son subordonné, n'avait pu retenir un éclat de rire. Michel était un brave type, un compagnon apprécié de tous, un trait de bonne humeur dans ce petit monde en guerre.

Avec Marie-Reine, Denis avait découvert ce qu'il baptisa peut-être un peu prématurément l'Amour, l'unique, celui avec un grand "A". Les gars du 11e lui apprirent le dévouement, la franche camaraderie, l'endurance, autant de qualités pour faire face à la fatigue, au mal du pays et surtout à la peur.

C'est un peu tout cela qu'il expliquait dans ses lettres à Cornette. Oui, il était fier d'appartenir à cette élite combattante, véritable école du courage, des valeurs morales qu'il n'avait jamais connues jusqu'alors. Mais très vite, les grandes phrases, les grands mots laissaient place à l'ennui, à une sorte de repentance dans laquelle il déclarait vouloir retrouver au plus vite "sa" chère Sœur.

Comment autant de sentiments contradictoires pouvaient-ils se côtoyer en une cinquantaine de lignes ?

Depuis son départ, la navette épistolaire s'était faite à sens unique jusqu'au jour où Burke, de retour d'une mission de reconnaissance, avait envoyé son protégé chez le vaguemestre. Dans un bac, une lettre, une seule, destinée à Denis. L'adresse, orthographiée avec soin, ne ressemblait en rien à l'écriture de ses parents. Et si c'était… ? Il en eut la confirmation après avoir ouvert l'enveloppe d'une main tremblante : Cornette lui avait écrit ! Cela commençait plutôt bien, avec un "Mon cher Denis" ; la suite avait été des plus ordinaires, avec la relation de la routine du couvent, de la mauvaise saison qu'elle avait dû affronter avec Titine, de ses visites à Fred… Il avait été chagriné par un "Je vous embrasse très fort", regrettant l'absence du tutoiement. Au fond, n'en était-il pas responsable ? Lui-même ne la vouvoyait-il pas dans ses correspondances ? Mais, à bien y réfléchir, Marie-Reine n'avait-elle pas été l'initiatrice de leur nouveau sentiment, n'avait-elle pas fait le premier pas ? Lui, le grand balourd, ne s'était-il pas laissé prendre la main, ne s'était-il pas contenté de cueillir le baiser offert par Marie-Reine ?
Ce fut là l'unique lettre de Cornette.

La France manifestait devant l'Assemblée nationale et les députés donnaient de cette honorable institution une image de foire d'empoigne. Le pays était déchiré, en dépit des moulinets que le Général faisait avec ses bras et des "Je vous ai compris" ! Le conflit s'éternisait, s'enlisait, dans un climat d'insécurité, avec les attentats, les camarades morts en opération… Il y avait là de quoi saper le moral le meilleur et cela se ressentait fortement dans les derniers courriers.

"On n'en verrait jamais la fin, ça n'avait que trop duré. Ah ! Si seulement, à la place des champs pétrolifères, il y avait eu des plantations de dattes, on n'en serait pas là" ! Ainsi parlait Burke, en distribuant du café et des confitures à quelques enfants autochtones et affamés qui ne manquaient pas de venir rôder autour du camp.

En arrivant au "Tire-Bouchon", Marie-Reine éprouvait toujours un peu d'angoisse. Elle s'assurait qu'il n'y avait pas trop de clients et, presque honteuse, s'asseyait toujours à une table en retrait, commandant un thé ou un chocolat. Deux fois par mois environ, Fred lui remettait l'enveloppe tant attendue, ou bien il affichait une mine désolée en zozotant un "ce sera pour la prochaine fois" presque sifflé, car le bistrotier avait une dent sur deux. Cette fois-ci, elle n'aurait pas une longue semaine à attendre : ornée de quelques taches graisseuses, la missive était là, estampillée par un lointain vaguemestre.

Jusque-là, Denis détaillait sa vie militaire, sans toutefois la glorifier, arguant que si cela n'avait été que de son fait, il n'aurait jamais quitté sa fruitière. La guerre, visiblement, n'était pas sa tasse de thé. Ah si, une chose cependant : ces rares sauts où il s'imaginait oiseau au gré des suspentes qui dirigeaient sa chute.

Pourquoi cette fois-ci tardait-elle à ouvrir l'enveloppe ? Nul n'aurait su le dire… Dans leur présentation, ces lettres se ressemblaient un peu toutes. Une date, pas de lieu, puis suivait "Chère Cornette" ou "Chère Marie-Reine" ; ou encore, si Denis s'autorisait un "Ma", c'était uniquement complété par "chère Sœur". Aujourd'hui, une phrase l'avait horrifiée, pétrifiée :

"J'ai tué un homme…"

La feuille s'était mise à trembler, Marie-Reine ne contrôlait plus sa main. La gorge serrée, réprimant un sanglot, elle continua sa lecture :
"Cela aurait dû être une opération de routine, un simple contrôle, pour s'assurer qu'il n'y avait pas de fells dans ce secteur. Jamais nous n'aurions imaginé une présence humaine dans ce bled. Il a surgi de derrière un muret avec une flamme dans les yeux, un type de mon âge. J'ai tiré par instinct, il s'est écroulé face contre terre, comme pour une ultime prière. Les autres ont détalé, ils ne devaient pas être nombreux. Le pitaine m'a félicité ; moi, j'avais une boule au ventre. Sans ce hasard, nous y passions tous. J'ai vomi. C'est Burke qui est venu à ma rescousse. Ce sergent est un pays, je vous en ai déjà parlé. Nous exerçons le même métier, ça nous a rapprochés. Il fait son travail de soldat sans haine, et j'irais même jusqu'à dire, avec une certaine humanité. "La première fois, ça fait toujours ça" m'a-t-il dit, pendant que son supérieur parlait de décoration".

"Voyez-vous, petite Sœur, si, chez nous, vous tuez un homme, il y a la plupart du temps un mobile, que sais-je ? l'argent, la jalousie, ou autre chose ; là, vous risquez votre tête. Ici, vous faites la même chose à un type que vous n'avez jamais vu, vous êtes décoré".
Burke avait insisté sur la légitime défense, mais Denis ajoutait :
"Je n'en suis pas moins devenu un assassin, une espèce de héros triste avec du sang sur les mains".

Tu ne tueras point, tu ne tueras point, tu… assassin… tué un homme… Il y avait un drôle de pataquès dans la tête de Marie-Reine. Elle éprouvait une sorte de vertige. Elle s'était retrouvée sur la place Saint-Bernard où un banc lui offrit de s'asseoir, elle en avait grand besoin… Puis la colère avait remplacé la désolation, la compassion. Elle en voulait à la folie des hommes qui avait fait d'un honnête fromager, un tueur… Tu ne tueras point… Priait-elle ? Pleurait-elle ? Dans son âme, une grande blessure l'avait dirigée naturellement vers le Tout-Puissant.

Hiver 61-62. L'espoir de prochains accords se fait un peu plus sentir au quotidien. Burke, joyeux, apostrophe Denis :
– Pays, ça sent l'écurie, nous n'allons pas tarder à retrouver nos meules !
– Té, moi aussi j'ai des meules qui m'attendent à la maison ! plaisanta, sans y être invité, Ballaguère.
Le Biterrois insista :
– Le crapahut de demain sera peut-être le dernier…

En fait, on se battait partout : dans l'hémicycle où nos chers députés s'invectivaient sans retenue… chez les militaires où un célèbre quarteron de généraux à la retraite, catalogués comme tels par le Général, refusait de rendre les armes… et bien sûr, et hélas logiquement, sur le terrain. L'approche d'un hypothétique cessez-le-feu attisait les craintes, les peurs de se faire tirer comme un lapin si près de la quille. C'est à peu près à cela qu'il pensait, le lapin, sous les traits d'un Denis de plus en plus anxieux à chaque départ en patrouille. Il n'était pas le seul ; dans les conversations au mess on ne parlait plus que de ça. La rangée de cercueils drapés de bleu, blanc, rouge en disait long sur le moral des troupes.

Reconnaissance, sécurisation de terrain, il n'y avait guère que Ballaguère et sa gouaille occitane qui ne fût pas inquiet. Aujourd'hui, Denis avait la trouille vrillée au ventre en progressant dans ce défilé où pourtant il ne se passera rien… Atteindre au plus vite la forêt, se retenir de courir pour ne pas montrer sa peur, se fondre dans les fourrés. Soudain, là où on ne les attendait pas, plusieurs rafales accueillirent les hommes de tête. Pour intervenir au plus vite, efficacement, il fallut manœuvrer. Le sergent disposa son groupe à gauche de la piste, alors que le caporal Lefèvre plaça ses hommes à droite, voltige en tête, la pièce de FM derrière, avec la consigne de ne pas gaspiller les munitions. Qui pouvait savoir combien de temps durerait cet accrochage ? Les fells avaient l'avantage, non négligeable, de la parfaite connaissance du terrain ; après tout, ils étaient chez eux. Beaumont, le tireur FM, fut rappelé à un devoir de vigilance extrême car à présent, avec Denis, ils étaient les derniers ; tout était prévu pour rejoindre la piste. Là-bas, devant, les rafales ennemies continuaient, longues. Il était clair que les rebelles, eux, ne manquaient pas de munitions, car ils tiraient jusqu'à fin de chargeur. En tête, les collègues n'étaient pas en reste. Malgré la consigne, la riposte était fournie, ils arrosaient copieusement. Au loin, des cris. C'est d'un bosquet particulièrement touffu que vint le coup de feu. Denis, touché, s'écroula. Beaumont, par réflexe, balança une rafale ; le fell chuta lourdement.

Denis devra son salut à un hélico HSS-I venu là pour récupérer le stick… La durée de l'attaque, deux ou trois minutes au plus, suivie d'un étrange silence. Le reste de sa vie ne lui appartiendra plus… à jamais. Trimballé, bringuebalé, il sera rapatrié sanitaire, et pour lui la guerre d'Algérie s'arrêtera là. Burke regardera partir ce soldat, cet ami, avec une infinie tristesse.

D'abord il y avait eu les jours, puis les semaines, s'écoulant dans le grand sablier du temps. La boîte aux lettres du "Tire-Bouchon" ne recevait plus de courrier nord-africain. Fred ne sifflait plus, un dentier flambant neuf l'avait rajeuni de dix ans facile. Comme pour amortir son investissement, il souriait béatement, s'amusant d'un rien ou d'un bon mot qu'il ne comprenait pas toujours. S'il n'avait pas inventé la poudre ni l'art de s'en servir, il avait en lui une bonté naturelle, la noblesse de l'âme. Sœur Marie-Reine le sentait bien dans ses paroles de réconfort hebdomadaire, entre le thé et le chocolat, systématiquement offerts par la maison.

Pour le Raymond des primeurs, c'était une autre histoire, après l'épisode des tomates !... Il avait mis du miel dans ses propos ; qu'espérait ce gros tas ? Il y a souvent du vrai dans les dictons populaires. Chassez le naturel, il revient au galop : chez Raymond, cela s'était très vite vérifié. Les sarcasmes vitriolés reprenaient de plus belle, plus incisifs, plus blessants. Ce jour-là, il y avait eu de part et d'autre le bouquet final. Bien sûr c'est l'adipeux Raymond qui avait ouvert les hostilités :
– Alors, la frangine ? Plus de nouvelles de votre amoureux ?
Marie-Reine avait blêmi, l'autre insistait :
– Tizi Ouzou ? C'est bien là-bas qu'il est ? Un accrochage, du vilain, paraît-il, n'en reviendra jamais, tu m'entends ? Jamais !

Dans ce petit morceau de rue Bannelier, il y avait eu un grand silence malgré l'heure d'affluence. Marie-Reine avait foncé, tel un animal blessé, dans le tas de saindoux. Elle avait frappé, hurlé, puis encore frappé. Raymond s'était affalé parmi ses

légumes. Mais cette fois-ci, personne n'avait applaudi, n'avait ri. Un vieil habitué l'avait prise par la main :
– Venez ma Sœur, c'est fini.
Sur l'épaule du vieillard, elle avait pleuré toute sa haine, toute sa rage de la cupidité des hommes.

"Ô vite, m'en retourner dans mon havre de paix parmi mes Sœurs, loin des tourments de l'âme, oublier, oublier et prier". Puis les semaines avaient repris leur voyage au long cours. Par pressentiment, Marie-Reine avait gardé quelques lettres, enfreignant la promesse du secret. Elle les relisait en cachette dans Titine. Que se passait-il dans cette tête ? C'est au cours d'une de ces lectures que Titine s'était mise à rouler bord sur bord : Marie-Odile était à l'origine de ce roulis inattendu, secouant la pauvre voiture.
– Sœur Marie-Reine ? Que lisez-vous ?
Pour la première fois, la Sœur avait menti.
– Des nouvelles d'un proche parti pour l'Algérie.
– Admettons… Ces jours de marché à Dijon vous tourneboulent la tête. Pour le salut de votre âme et de vos poings, vous n'irez plus aux halles, d'autant que bientôt vous prononcerez vos vœux…

Comment avait-elle pu savoir pour la bagarre ?

Marie-Odile avait eu la pudeur de ne pas insister. Demain, Marie-Reine irait se confesser auprès du Père Étienne. La supérieure, connaissant son attachement pour ce curé, avait donné son aval pour le voyage à Bligny-sur-Ouche.

Apaisée par les prières du soir, Marie-Reine pensait déjà au voyage du lendemain. Elle passerait par Nuits, suivant le Meuzin où, enfant, elle se baignait avec d'autres garnements de son âge, passerait par Semezanges, puis rejoindrait la vallée.

Depuis qu'il avait cédé Titine, le Père Étienne, dont un éventuel départ pour Dijon alimentait les rumeurs, ne quittait plus Bligny. Un curé, jeune celui-là, avait été nommé à Veuvey. Autres temps, autres mœurs, le Père Karl, d'origine alsacienne, se déplaçait en moto, une grosse cylindrée qui traversait la vallée à la vitesse du son.
Lors du voyage de Marie-Reine, un baromètre optimiste affichait la couleur bleu azur, avec en médaillon un soleil radieux. Une chorale de bergeronnettes égayait la campagne. Quelques corbeaux, en smoking impeccable, virevoltaient en une sarabande croassante. Tout ce que la nature comptait de joyeux accompagnait la jeune Sœur dans cette célébration du printemps.

C'est un présentoir à journaux qui l'avait ramenée à la réalité, celle de 1962. Une dizaine de secondes avaient suffi. Des gros titres où il était question d'accords signés à Évian, de la probable indépendance de l'Algérie. Marie-Reine avait été rattrapée par l'Histoire, Denis lui revenait par images successives. Pourquoi ce silence soudain ? Pourquoi la correspondance s'était-elle arrêtée aussi brusquement, alors que tout semblait terminé ? Entre l'esclandre de la rue Bannelier et l'interdiction de Sœur Marie-Odile, il n'y avait eu que deux lettres arrivées avec deux mois de retard, sans doute écrites avant le dernier accrochage fatal.

D'un coup de volant rageur, elle avait tourné un peu brusquement pour prendre la direction de Concœur, chassant toutes ces pensées où prenait place la colère. Une colère accusant les hommes, leur sale guerre et toutes les saletés qui vont avec. Condamnait-elle Denis dans son tribunal intérieur ? Si tel était le cas, elle le regrettait bien vite en pensant au plaisir de leurs rendez-vous hebdomadaires. Elle avait douté de sa foi, de l'attirance pour ce Jurassien, douté de l'avenir et, à nouveau, elle se rappelait le Malin qui savait si bien tendre des pièges aux âmes vulnérables.

Titine était comme dopée par ce renouveau de la nature. À chaque virage, la religieuse était émerveillée, jamais la vallée ne lui avait semblé aussi belle. Elle se serait bien arrêtée pour, tel un jeune chien, se rouler dans l'herbe neuve. C'est au lavoir qu'elle trouva le Père Étienne. Il semblait l'attendre. Il avait donné une caresse à Titine, comme on le fait pour un chien fidèle. Marie-Reine, après avoir salué le Père, s'interrogea sur l'absence de Goupillon.
– S'il y a des cloches pour les chiens qui meurent, alors que les cloches sonnent pendant une heure, avait-il répondu en parodiant Félix Leclerc, le chanteur québécois ; puis, continuant : Goupillon devenait comme moi, tout bancal des pattes et du dos, tout malade des yeux, des oreilles, bref, il a fini par me quitter pour aller au paradis des animaux.

Marie-Reine avait une qualité étonnante pour quelqu'un d'aussi jeune. Elle savait écouter. Le Père retrouvait dans ce beau visage la gravité qu'il avait observée à La Bussière.
– Vous n'êtes pas venue ici par hasard, ma fille, qu'y a-t-il de si important qui justifie un tel voyage ?
– Je veux me confesser, mon Père.

– Laissez cela aux bigotes, les tourments de votre âme sont faciles à connaître.
– Qu'entendez-vous par là ?
– Vous allez prononcer vos vœux, mais vous avez rencontré un homme qui ne vous laisse pas indifférente.
– Comment pouvez-vous savoir ?
– L'expérience de la vie, ma Sœur, l'observation… j'en ai usé, des soutanes ! Qu'en est-il du malheureux élu ?
– Parti à la guerre pour tuer, - tuer, mon Père, vous entendez ? Elle avait presque crié.
– Moi aussi j'ai tué, ma fille
– Vous ? Mon Père ?
– C'était au maquis, j'ai même été décoré pour cela. J'avais vingt-huit ans, nous devions intercepter un convoi de prisonniers voués à une mort certaine, tout un réseau de sabotage. Nous avons tendu une embuscade, l'effet de surprise a joué en notre faveur. Toute l'escorte a été massacrée. Nous devions enterrer les corps, brûler les camions. C'était la fin de la guerre. Nous avions tiré sur des adolescents, une vingtaine d'années tout au plus. De la poche d'un uniforme, une lettre est tombée et je l'ai lue. Wilfried Rheiner y racontait les horreurs de cette guerre. Manifestement, il n'était pas fait pour. Il nous décrivait comme des gens aimables et se promettait de revenir en temps de paix. Je l'ai détruite, mais elle est imprimée là, scandait-il en se vrillant l'index sur son front. J'ai tué, et j'ai aimé aussi.

La Sœur était sans voix. Comment aurait-elle pu imaginer ? Elle n'osait pas interrompre le monologue du curé.
– J'ai aimé une femme, juste avant la débâcle, avant mon engagement dans la Résistance. Elle dirigeait un haras, pas très loin d'ici. Le jour où j'ai compris qu'elle préférait ses chevaux,

je suis parti. Elle ne m'a pas retenu. Je me suis réfugié auprès de Dieu ; la foi est venue après. Pour toutes ces raisons, je vous en prie, ma Sœur, soyez indulgente et surtout retenez ceci : rien n'est irréversible en ce bas monde, souvenez-vous en. Si prononcer vos vœux vous apporte la paix, alors faites-le.

Puis la conversation avait repris sur le quotidien, sur le possible départ pour Dijon du Père Étienne qui serait appelé à d'autres fonctions. Il avait évoqué avec tristesse sa séparation d'avec son ami l'instit qui lui avait promis des visites…

C'est attristée et amère que Marie-Reine réintégra la ruche. En plus, il avait fallu subir, soutenir le regard inquisiteur de la Mère supérieure. Cette mise à nu de son âme gêna beaucoup la novice. Marie-Odile enfonça le clou :
– Cette voiture vous occasionne bien des soucis. Pour votre salut, il vaudrait mieux vous en séparer. D'ailleurs, j'ai un cousin garagiste à Salins qui pourrait vous assister dans cette démarche.

Le glas venait de sonner pour la deuxième vie de Titine.

Le choix des larmes

Soizic et Quentin

Déjà, il y avait eu ce voyage, trop long, trop pénible. Un wagon bondé de bidasses, d'odeurs de sueur, de cigarette, de mauvaise bibine, le tout assaisonné de commentaires stupides de la part de ces hommes en manque de femmes. Et puis cet indicible coup de blues au fur et à mesure que la locomotive s'enfonçait à l'intérieur des terres. Emportée, comme à son habitude, n'avait-elle pas pris une décision trop hâtive ? Bien placée dans son classement, elle aurait pu choisir une affectation plus raisonnable, La Rochelle ou Bordeaux, par exemple.

Du changement, voilà ce quelle voulait, Soizic Larnicol, un vrai dépaysement, loin du ressac, loin de la respiration de l'océan ! La Malouine allait être comblée au-delà de ses espérances. Après une demi-douzaine de correspondances, elle arrivait, au terme de son voyage d'une quinzaine d'heures, à la petite gare de Mouchard, sous ce qu'il convenait de nommer des trombes d'eau. Qu'avaient pu faire ces gens-là pour mériter un tel déluge ? Elle en aurait pleuré. Ici, tout était sombre, le ciel rejoignait la terre, le quai ruisselait, et à seize heures l'éclairage public était allumé.
– Soizic Larnicol ? Anne Sirdey, je suis la collègue que vous remplacez.
– Comment avez-vous pu deviner ?
– Vous êtes la seule voyageuse à attendre sur ce quai.
– Bien sûr, suis-je sotte ! Excusez-moi.
Tel avait été ce premier et bref échange verbal en terre comtoise.

– Venez vite, mon mari est dans la voiture là-bas, on vous embarque pour Salins. Vous passerez quelques nuits à l'hôtel, votre logement de fonction sera bientôt prêt. Le directeur a profité de cette transition pour faire effectuer des travaux urgents.
Le mari n'était pas seul, deux bambins bruyants occupaient la banquette arrière et il avait fallu se serrer un peu. Soizic s'interrogeait de plus en plus : qu'était-elle venue faire dans ce qu'elle appelait déjà « un trou pareil », seule, éloignée de sa famille, de ses amis ? La voiture longeait la Furieuse, qui l'était vraiment. Apparurent ensuite les premiers magasins de poterie : Salins n'était pas loin, mais indiscernable sous ce déluge.

Quentin Dubois lustrait quelques cuivres qui en avaient grand besoin. Plutôt grand, avec des yeux clairs sous une crinière blonde, une fossette au menton venait compléter ce beau visage aux traits fins. Une dégaine faussement nonchalante - était-ce voulu ? - lui donnait une allure d'acteur américain, avec la certitude avérée de l'ascendant qu'il avait sur le sexe dit faible. Il allait entreprendre une turbotière - objet plutôt inattendu ici - lorsque la porte s'ouvrit.

Soizic ruisselait de pluie, de larmes peut-être ; en connaisseur, le réceptionniste jaugea, évalua la jeune fille de taille moyenne : pas une belle fille, mignonne serait plus approprié.
– Bienvenue à l'hôtel des "Deux Forts", mademoiselle ?
– Larnicol, c'est réservé, répondit-elle en s'ébrouant comme un chien.
L'employé, tout en continuant son examen, précisa :
– Sale temps, hein ? Chambre 7.

Il s'était arrêté sur deux yeux verts, de félin, pensa-t-il, en lui remettant sa clé.

Quentin n'aurait jamais deviné qu'il subissait lui aussi une revue en détail de la part de la visiteuse. Dans ces années soixante, ce sport n'était plus une exclusivité masculine. Beau, mais peut-être con, avait-elle hâtivement pronostiqué. Lui, par contre, avait craqué à la minute même où Soizic avait franchi le seuil de ce petit hôtel jurassien. La chambre était petite, mais coquette. Elle entreprit le rangement de quelques vêtements extraits d'une valise minuscule. Le reste de ses bagages suivrait. Puis Morphée accomplit son ouvrage, il accueillit Soizic dans un sommeil plein de rêves.

C'est un soleil arrogant qui réveilla la jeune fille. Un soleil indécent, pénétrant, dont les rayons, à travers les volets, faisaient voler des milliers de poussières microscopiques. Une frappe discrète à la porte : Soizic eut tout juste le temps de s'envelopper dans une immense serviette de bain représentant le drapeau de la Bretagne. Quentin, tout sourire, portait un large plateau.
– P'tit déj' ? Garni ? ajouta-t-il, le regard enjôleur…
– Vous alors, vous ne vous embarrassez pas avec les préliminaires !
– Chez moi, les préliminaires, c'est après, répondit-il du tac au tac, les yeux rivés sur les épaules nues.
– Votre combine, ça marche peut-être avec vos copines, pour moi il faudra repasser ; déposez le plateau, je vous prie.
L'homme aux conquêtes faciles sortit un peu abasourdi de l'aplomb de sa cliente.
– Ah, au fait, pour votre enrichissement personnel, ce que je

porte s'appelle un "gwenn ha du".
"Voilà une touriste peu ordinaire", pensa-t-il, en regagnant sa réception.

Soizic avait littéralement dévoré ce petit déjeuner pantagruélique et ça l'avait mise de bonne humeur. Elle passa un jean, un chemisier blanc, et jeta un pull sur ses épaules en reliant les deux manches par un gros nœud. Elle dévala les escaliers, plus qu'elle ne les descendit, devant un Quentin étonné d'une telle énergie matinale. Une visite à l'établissement scolaire, la présentation d'une classe de "monstres", un entretien avec le directeur, quelques formalités administratives, la journée serait-elle suffisante ?
– Vous sortez ? lança-t-il, joyeux.
– C'est souvent ce qui arrive quand on franchit une porte vers l'extérieur, avait-elle rétorqué malicieusement.
– Moi, c'est Quentin, mais mes potes m'appellent Schlupp, et vous, on vous appelle comment ?
– Mademoiselle, avait-elle précisé un peu sèchement, fuyant ce colporteur de banalités.
Quentin pensa très bas "Quelle bêcheuse" ! tout en énonçant très haut :
– Bonne journée, Mademoiselle !

La journée s'était relativement bien déroulée : un directeur sympa, une Anne Sirdey rayonnante qui avait fait la présentation de ses futurs élèves, calmes, peut-être en apparence, avec une pointe de timidité pour accueillir cette nouvelle venue à l'accent bizarre. Demain, elle irait, en doublure avec Anne, se familiariser avec ce qui, au minimum, allait durer six mois. Dès la semaine suivante, la titulaire entendait bien mener à terme

cette grossesse déjà avancée. Soizic serait alors seule face à son destin. Quentin renseignait un client lorsque Soizic franchit à nouveau la porte de l'hôtel.
– Dites, mademoiselle, je termine mon service à vingt heures, un pot au café du "Commerce", ça vous tente ?
Elle pensa rapidement que c'était moins grave que la malaria, et qu'une paire d'heures en compagnie de ce grand nigaud ferait toujours passer le temps en terre inconnue.
– Dacodac !

Pierrot et Colette s'activaient dans ce bel établissement, un bistrot à l'ancienne, habillé de glaces et de gravures de Mucha. La clientèle était, dans sa majorité, jeune. Une fumée épaisse noyait la salle. Quelques sifflets admiratifs marquèrent l'entrée des deux jeunes gens. Quentin serra de nombreuses mains, l'homme était connu. Une espèce de géant se détacha du groupe, interpellant les nouveaux arrivants :
– Dis, Quentin, ta coupe, tu l'arroses quand ?
– Tu le sauras toujours assez tôt, soiffard !
Sur cette réplique, ils s'installèrent sur une banquette qui venait tout juste de se libérer. S'ensuivit une certaine gêne lorsque ces deux-là furent face-à-face, elle devant un chocolat, lui devant un demi. Bizarrement, c'est elle qui détendit l'atmosphère.
– Alors, monsieur Schlupp, non seulement vous êtes réceptionniste, mais vous gagnez des coupes ? Dans quelle discipline ?
– Ski, fond et descente. Ici, on skie avant de marcher, mademoiselle.
– Soizic conviendra mieux, gardons "mademoiselle" pour mes élèves, si vous êtes d'accord.

La glace était rompue. Elle lui avait expliqué qu'elle était la remplaçante de madame Sirdey et que son séjour à l'hôtel ne durerait pas, car un appartement de fonction l'attendait. À son tour, il lui avait parlé de l'hôtel des "Deux Forts", dont ses parents étaient propriétaires, de l'école hôtelière de Poligny, où il avait fait ses études, de ses compétitions de ski, bref de sa petite vie bien tranquille dans cette jolie vallée.

Ils avaient ainsi voyagé de Saint-Malo aux Rousses, alertés par Pierrot, le patron, qui disposait ses chaises sur les tables en signe de fermeture. Après une forte poignée de main, volontairement trop appuyée des deux côtés, ils se quittèrent sur un banal "Bonne nuit" !, heureux, l'un comme l'autre, de ces instants de confidences.

À huit heures précises, le petit déjeuner, tout aussi consistant que la veille, était servi par un Quentin radieux. Mais cette fois-ci, les yeux ne s'attardèrent ni sur les épaules, ni sur la serviette rayée blanc et noir, ne voulant en rien gâcher le plaisir du jour précédent. En fille intelligente et sensible, l'enseignante avait bien saisi la subtilité de la manœuvre. Elle approuvait intérieurement cette toute nouvelle discrétion du réceptionniste, sans oser s'avouer - fierté bretonne ? - que cela lui était agréable. Puis, soudainement, à la vitesse, à la violence d'une vague frappant une digue, elle balaya ces pensées pour se dire que cet homme était là pour tromper son ennui, à elle, si éloignée des siens. Avis de tempête dans un crâne ? Quentin ne se posait pas trop de questions : il s'était amouraché de cette fille, point final.
Ils retournèrent régulièrement au "Commerce", instituant une sorte de rituel qui les ravissait l'un et l'autre. Soizic, comme

une vieille habituée, avait droit à la bise de Pierrot et Colette ; celle-ci, droite comme un "i", régnait en souveraine derrière son tiroir-caisse, pendant que son mari servait ou desservait une terrasse toujours pleine.

Aussi naturel que le besoin de respirer ou de s'essuyer le front par une forte chaleur, et c'était le cas, le tutoiement était venu au détour d'une conversation, sans trop savoir, aujourd'hui, qui avait prononcé le "tu" en premier.
– J'ai changé mes horaires, nous avons embauché un veilleur de nuit. Bosser comme un forcené, avant, ça m'était égal…
Puis très vite il avait enchaîné :
– Un petit crapahut au fort Belin, ça te dit ?
– Va pour le fort, demain quatorze heures.

En habituée des côtes granitiques du nez de la France, comme elle se plaisait à nommer sa région, elle avait acquis une certaine adresse à escalader les roches, tantôt couvrantes, tantôt découvrantes, de ces côtes découpées par l'incessant ressac et l'assaut des marées. Cela avait surpris Quentin, familier des varappes et des courses en montagne. Il lui avait fait un véritable cours sur les chamois, les mouflons et les isards. Peut-être pensait-il à ces habitants des hauteurs en la voyant évoluer avec une aisance certaine sur cette pente abrupte qui menait au fort. De là-haut, la vue était simplement magnifique. Une pierre plate les avait accueillis. Ils admiraient un Salins lilliputien, essayant d'identifier leurs lieux de promenade. Seul un bourdon, faisant un point fixe, troublait cette quiétude quasi estivale. Flanc à flanc, leur siège de fortune n'était pas si large, ils se laissaient aller à une contemplation béate, loin du monde, loin de tout.
– Schlupp, avait-elle fini par lâcher.

– Soizic ?
– Je pars chez moi, j'ai reçu ma mutation.
Quentin avait-il pâli, lui, la grande gueule bronzée, tannée à longueur d'année ? Il était demeuré sans voix. Elle le regardait avec un sourire amusé, presque narquois, provocateur. Il avait fini par articuler d'une voix tremblante, quasi chevrotante. Où était le bel aplomb de ce montagnard ?
– Tu vas où à la rentrée ?
Garce, elle faisait durer le suspense ; l'autre n'y tenait plus.
– Dans un pays de nigaud, sans s.
– Tu, tu veux dire… bégayait-il.
– Que je reviens ici ! Madame Sirdey est mutée sur Tavaux, son mari travaille chez Solvay, donc je reste. Un saut de puce en Bretagne, et coucou, me revoilou !

Ce jour-là, le fort Belin, le plus beau des forts, évidemment, avait été le témoin de leur premier baiser. Au petit déjeuner, Soizic avait accueilli Quentin sans la serviette. Etonné, charmé et maladroit, il avait failli lâcher le plateau. Ce matin, tout avait été partagé : l'amour, et ensuite le petit déjeuner.

Une semaine déjà s'était écoulée depuis leur premier baiser. Quentin découvrait sous un autre jour cette chambre numéro 7. Lors de ce qu'il convenait maintenant d'appeler la réhabilitation du logement de fonction, une maladresse d'un ouvrier avait provoqué un court-circuit et mis en évidence que le réseau électrique était entièrement à refaire. La 7, qui n'aurait dû être que provisoire, resterait son domicile jusqu'aux vacances. À trois jours des grandes migrations touristiques, l'instit s'était confiée au Jurassien.
– Comment, demain, pourrais-je occuper mes monstres, Quentin ?

– Simple, nous les emmènerons au fort Saint-André, la pente est douce, un pique-nique à midi et retour après. Je me débrouille pour vous accompagner.

Soizic avait été ravie de cette idée. Dans une ambiance très colonie de vacances, ils avaient atteint le fort sans fatigue avec un Quentin très pédagogue qui avait fait un cours, non seulement sur les origines de la bâtisse, mais aussi sur les clarines, ces cloches pendues au cou des vaches, dont les tintements avaient accompagné l'expédition en herbe. Le réceptionniste passait très bien auprès des enfants, dont il connaissait la plupart des parents. Un des petits monstres aux yeux pétillants avait osé :
– Dis, Quentin, la maîtresse, c'est ton amoureuse ?
– Encore une question comme celle-là et je te botte les fesses ! avait-il répliqué, l'air faussement méchant.
Soizic découvrait chaque jour ce garçon dont les ressources lui semblaient inépuisables. Etonnée de son savoir, de sa pédagogie, en un mot : elle était subjuguée !
– Schlupp, j'ai besoin d'un service, avait-elle déclaré entre les peintures de guerre et la danse du scalp menée tambour battant par une vingtaine de Peaux-Rouges jurassiens. Dès mes premiers salaires, j'ai prévu l'achat d'une voiture d'occasion. Tu t'y connais ?
– Nous verrons ça demain.

Et la joyeuse ribambelle, au rythme de "Un kilomètre à pied, ça use, ça use", était redescendue au village aussi ravie que fatiguée de ces pré-vacances. Quentin s'était illustré en exécutant impeccablement quelques roues, pour le plus grand bonheur des gamins et… de Soizic. Seule ombre à ce tableau

idyllique, l'approche du départ de la Malouine.
Un garage comme tant d'autres … Des voitures moribondes au chevet desquelles s'activait un garagiste bedonnant secondé par un apprenti barbouillé de cambouis de la tête aux pieds.
– Ah, Quentin, qu'est-ce qui t'amène chez moi ?
– Mon amie est à la recherche d'une occase.
– J'ai peut-être ce qu'il te faut, une deudeuche rentrée la semaine dernière. Pour deux cent mille balles, c'est dans la poche.
– Des kilomètres au compteur ?
– De la bouteille oui, des kilomètres non, elle appartenait à une bonne sœur, c'est elle qui me l'a livrée.
Soizic avait découvert sa future acquisition ; parmi des carcasses agonisantes, Titine faisait figure de Rolls…
– Un peu tristounet, ce gris.
– Une voiture de bonne sœur, vous ne la voudriez pas avec des plumes d'autruche comme une danseuse du Lido ?
Après une mise en route, quelques tours de roue dans une cour crasseuse, l'affaire, après un marchandage d'usage, avait été conclue pour cent cinquante mille anciens francs.
– Ah, j'oubliais, elle a un nom : Titine, la sœur avait l'air d'y tenir.
– Ça roule pour Titine, concluait Soizic.

Quentin détaillait avec suspicion cette voiture qui allait lui enlever Soizic et peut-être l'éloigner pour toujours. À cet instant, il doutait, malgré les événements récents plutôt prometteurs. Amusée, l'institutrice s'était adressée directement à sa nouvelle partenaire :
– Titine, il te faut des couleurs estivales, un lifting te fera le plus grand bien !
Armée d'un pinceau et de quelques petits pots de peinture, elle

avait adroitement peint quelques fleurs qui donnaient une indéniable touche de gaieté à la religieuse voiture… Ah, si le Père Étienne avait vu ! Le résultat était des plus satisfaisants.

Pour la troisième fois, Titine renaîssait…

Devant la mine déconfite de son compagnon, dont la tristesse s'accentuait à l'approche du départ, Soizic, pour témoigner de l'intensité de ses sentiments, avait décidé de prolonger son séjour au numéro 7. Quentin avait été ravi de ce sursis. Il avait invité sa nouvelle compagne à un voyage de l'autre côté de la montagne, qui les mènerait jusqu'à Thonon. Ils vivaient cela, l'un et l'autre, comme une lune de miel.

Dès le lendemain, Titine accueillait, dans sa robe fleurie, les bagages des deux passagers. Il avait été convenu que la Malouine passerait un mois dans sa famille, l'autre serait consacré à Quentin et à la rentrée scolaire qui, à cette époque, se faisait tout début octobre. Pour la première fois, Soizic et Titine allaient découvrir ce département avec, bien sûr, le meilleur des guides. À midi, ils arrivaient aux Rousses où, malgré la saison, ils avaient réussi à se faire servir une fondue, un caprice de Soizic. Poursuivant leur route, Quentin lui avait montré l'impressionnant mur des Tuffes, théâtre de ses compétitions. Cela avait suffit pour qu'elle le sacre "héros de l'année", son héros. Quant à Titine, regrettait-elle sa vallée de l'Ouche ? Peut-être pas, malgré cette route en lacets pour atteindre le col de la Faucille. Un peu raide pour une Dame de son âge, aurait-elle pu penser. Ils s'arrêtèrent au col pour souffler tous les trois. Un tour dans le magasin de souvenirs, un pot en altitude, et la descente était amorcée.

Ils n'avaient pas manqué de faire une halte au Belvédère qui offrait, par beau temps, et c'était le cas, la chaîne des Alpes. Soizic découvrait, s'en mettait plein les yeux, plein le cœur… Tellement irréel tout cela, qu'elle en éprouvait une ivresse, un vertige. En soirée, ils atteignaient Thonon, s'installaient dans un petit hôtel de la rue Vallon, s'embrassaient au pied de la statue de Dessaix, puis descendaient dans le minuscule funiculaire au port de Rives pour déguster des filets de perche chez Éric et Christine, le restaurant à la mode. Mon Dieu que tout cela allait vite, trop vite. Arrêter le temps… ils n'étaient pas les premiers à formuler ce souhait. Main dans la main, ils flânèrent sur les quais, riant d'un rien, taquinant les cygnes qui leur répondaient par un sifflement. Quentin, un peu frimeur, mettait son doigt dans le bec de l'animal, invitant Soizic à faire de même, mais elle n'avait pas voulu.

Au loin, la chaîne des monts du Jura, en dessous, Lausanne, parée de mille feux. Ils se promettaient demain une excursion sur le Ville de Genève qui les emmènerait au château de Chillon, tout au bout du lac ; Soizic, en bonne institutrice, faisait la leçon à son unique élève, tellement amoureux qu'il aurait gobé n'importe quoi. Deux jours, mais deux jours intenses, presque tout y était passé. Un autre funiculaire, plus important celui-là, les avait emmenés sur les hauteurs d'Évian ; puis, dans une course folle, le lac en bateau et le téléphérique du Salève. Pendant ce temps-là, Titine se reposait sur les nombreux parkings de leur incroyable équipée.

Ce 1er août, fête nationale suisse, des feux d'artifice avaient été tirés sur le lac. Ils avaient forcé un peu l'innocence en imaginant que ces tirs pyrotechniques n'étaient que pour eux. Ne dit-on pas que les amoureux sont seuls au monde ?

"Soizic, ma vieille, que t'arrive-t-il ? Toi, la rebelle, la réfractaire, te voilà tel un homard, prisonnière dans un casier" ! Dans sa tête il y avait un avis de grand frais, un vent d'inquiétude qui soufflait dans toutes les directions de son cerveau, une dépression où s'affrontaient des éléments contradictoires. La seule perspective heureuse était de retrouver ses parents, ses amis. D'une main ferme, comme elle l'aurait fait pour la barre du caseyeur de son frère, elle tenait le volant d'une Titine pourtant docile. Le paysage défilait, les pensées aussi. Elle avait dû fermer la capote, tant le soleil, à son zénith, lui chauffait la tête. La casquette de toile, vantant une quelconque publicité, avait été oubliée au numéro 7. L'évocation de ce chiffre… il n'en fallait pas plus pour la ramener à Salins. Quentin irait-il retrouver ses potes à la terrasse du "Commerce" ? Serait-il dragué par des pétasses - le mot grossier échappa à Soizic - qui ne manqueraient pas de lui tourner autour ? Était-il triste ? Soulagé, peut-être ? Pour la première fois de sa jeune vie, elle éprouvait un tout nouveau sentiment jusque-là inconnu d'elle, la jalousie. "Mais c'est vrai que ça peut faire mal, cette connerie" ! D'un geste nerveux, elle alluma le petit transistor disposé sur la place, hélas vide, du passager ; un cadeau de son Nigaud juste avant son départ, Titine ne disposant pas d'autoradio.

À travers les craquements de la boîte à musique, elle crut reconnaître l'émission Salut les copains. En intello, elle réagit : "Bah, ça ne vaut pas un bon Ferré ou un Brassens, mais ces mièvreries m'occuperont l'esprit". Plus tard, elle s'avouerait qu'elle avait failli faire demi-tour. Minuit, ce fut l'heure à laquelle elle arriva dans la cité des corsaires. Bien entendu, elle n'avait prévenu personne, chez elle c'était plus qu'une habitude, c'était une culture.

Larnicol père se demandait bien qui pouvait faire un tel ramdam à cette heure-ci ; il fut à peine surpris de voir sa fille.
– Ma Doué, ma Doué, ma princesse ! Alors te voilà rendue chez nous autres, ta mère se rongeait les sangs !
L'accolade, l'embrassade furent longues ; plus de quatre mois sans voir sa protégée, sa préférée. Sur ces entrefaites apparut madame Larnicol, en peignoir, passablement endormie.
– Ma drôlesse, c'est-y toi ? En voilà une heure… Ah, ces trains qui arrivent à n'importe quelle heure !
– Non, pas le train, je vous présente ma nouvelle acquisition, fit-elle en désignant d'un geste large, théâtral presque, la voiture stationnée sur le trottoir.
– Ma Doué, ma Doué, articulait le père, tu ne vas pas me dire que tu es venue avec ça ?
– Ça, c'est Titine, il faudra vous y faire tous les deux !
– Au fond, nous n'avons jamais trop eu le choix. Tu dois être fatiguée, ta chambre t'attend.

Une chambre où le "Che", Brel, Ferré et Brassens, occupaient tout un mur ; sur les autres étaient épinglées des reproductions de somptueux trois-mâts. La chambre était coquette. Un lit-clos avait été judicieusement transformé en penderie, le tout d'une propreté impeccable. Il était facile d'imaginer que ce lieu était destiné à accueillir la turbulente Bretonne à n'importe quel moment. Sûr qu'elle menait ses parents par le bout du nez.

Quinze heures environ de conduite l'avait mise K.-O. Dans sa tête il n'y avait plus de Quentin, plus de Jura, seulement une grosse fatigue. Un sommeil réparateur d'une douzaine d'heures requinquerait Soizic. Elle émergea à midi. L'énergique "petite

bonne femme", comme l'appelait affectueusement son père, ne mit pas plus d'une vingtaine de minutes pour la toilette et le petit déjeuner, où le pot de rillettes avait côtoyé le beurre salé. Après un rapide bonjour, elle alla rendre visite à Titine : quelques drôles admiraient la voiture fleurie.
– Titine, tu vas te reposer quelques jours, ensuite je te ferai visiter le pays.

Les jours suivants, elle ne les vit pas passer, partagée entre sa famille, les sorties en mer, les retrouvailles d'amis, un véritable marathon de star ! En oubliait-elle Quentin pour autant ? Non, il l'accompagnait partout… Si elle était questionnée sur cette région lointaine, il parlait à travers une Soizic enthousiaste, vantant cette terre de Franche-Comté, ses sombres forêts qui avaient tant effrayé les légions romaines. Sans moquerie, elle imitait l'accent traînant de Quentin, sa manière de prononcer les "o", ce qui ne manquait jamais de faire rire un auditoire entièrement acquis à sa cause.

Le téléphone, c'était pas son truc, à la Malouine ; depuis son arrivée, seuls deux appels avaient été passés d'une cabine téléphonique, discrétion oblige.

Et Quentin ? Comment vivait-il ce départ ? Son état d'esprit était assez proche de celui de sa compagne. Oui, il est vrai qu'il remettait les pieds au "Commerce" ; oui, il y voyait ses potes ; par contre, pour les "pétasses" si inélégamment nommées par Soizic, celle-ci se trompait : le Jurassien vivait une retraite quasi monacale. On lui trouvait un drôle d'air, assez pour alimenter la chronique de ce joli troquet. Pareillement à la Malouine, lui, le dragueur patenté, s'étonnait de ce nouveau sentiment qui consistait à s'attacher à une seule personne. La petite bêcheuse des premiers jours lui devenait indispensable. Il se souviendrait longtemps de ces promenades solitaires le long de la Furieuse, cherchant à retrouver leurs sensations, leurs présences.

Dans cet état d'esprit, il avait retrouvé la pierre plate du fort Belin. En contemplant les maisons-jouets, il avait le temps de distiller sa solitude. "Et si elle ne revenait pas ? Un si joli brin de fille devait forcément avoir des relations, des courtisans". Il avait même imaginé demander des informations au rectorat pour s'assurer du retour de Soizic à la rentrée. Peine perdue dans cette première quinzaine d'août, cette quête s'avérait de toute façon impossible, bon nombre de bureaux étaient déjà fermés.

La Malouine était loin de ces préoccupations, prise par de nombreuses activités. Entre la pêche à pied, ses sorties en mer, ses balades côtières… N'avait-elle pas promis à Titine de lui faire connaître son pays, sa Bretagne secrète ? Pourtant, à l'heure où ils prenaient d'habitude leur pot au "Commerce", Soizic allait rêvasser sur la jetée, imaginant son compagnon à ses côtés. Elle le voyait en Neptune, émergeant de l'onde grise ou verte suivant la couleur du ciel. "Je dois être un peu fêlée, revenons sur terre" !
– Princesse, ton remplacement ? Terminé ?
– Eh non, mon cher papa, je retourne chez les sauvages. Que veux-tu, on s'attache !
– Fichu métier, avait répliqué la mère. Tu ne seras jamais stable, ma fille.
On sentait le reproche, Soizic n'avait pas répliqué. Au fond, elle comprenait sa mère, dont l'amertume était alimentée par

quatre garçons, un à la pêche, deux au commerce, le cadet dans la Royale, et elle, la fille unique, qui avait la bougeotte.

Quentin regardait distraitement une guêpe qui tentait l'ascension de la face nord de son verre de bière. Loin de se douter qu'il était observé, le coup de klaxon de Titine le fit sursauter.
– Soizic ?
– Oui, Nigaud, "Mathilde, Mathilde est revenue" chantait la Bretonne dans une parfaite imitation du grand Brel.
Quentin avait littéralement décollé de son siège.
– Restons calmes, avait-elle ironisé en serrant le frein à main d'une Titine encore chaude d'un si long voyage.

Là aussi l'étreinte fut longue, à la hauteur de ces retrouvailles heureuses. Pierrot et Colette souriaient… ça devait leur titiller la bouilloire à souvenirs, un amour pareil. Malgré la fatigue, Soizic décida - elle décidait toujours - de fêter ce retour chez Gino. Quant à la numéro 7, jusqu'à la reprise du logement de fonction, elle était libre. Les jours qui suivirent furent tout simplement magiques. Le bonheur retrouvé leur donnait des ailes. Seule Titine avait fait une petite complication mécanique, une faiblesse à un cardan qu'il avait fallu remplacer, les affres de l'âge…

Quentin avait le sens de la fête. Joie, chaleur, tendresse, il pouvait être tout ça à la fois, et ça marchait toujours, quelle que soit la nature de la relation. Non seulement il exerçait un pouvoir de séduction sur les personnes dites adultes, mais il en était de même avec les enfants. Il symbolisait tout simplement la joie de vivre. Non que Soizic fût petite, mais, au bras de ce gaillard, elle donnait cette impression ; son joli minois gommait très vite cette différence.

Quentin s'était aménagé trois semaines de vacances qui demeurèrent comtoises. Trois semaines à sillonner des routes tout aussi capricieuses que la Lemme qui tantôt les longeait, tantôt les coupait par de minuscules ponts. Soizic découvrait chaque jour ce garçon qui l'étonnait par ses connaissances. Aujourd'hui, n'avait-il pas nommé quelques fleurs de montagne par leur nom latin ? Sitôt rentré à l'hôtel, Quentin avait présenté à l'institutrice un énorme herbier qu'il entretenait depuis sa plus jeune enfance. Il avait récidivé quelques jours plus tard en énumérant les pièces de charpente d'un chalet en construction, en précisant les diverses essences et la raison de leur choix. Au fond, elle tirait une certaine fierté à partager la vie d'un tel garçon. Soizic était aux antipodes de son jugement hâtif des premiers jours.

Puis vinrent les premiers vents qui ouvrirent le bal de l'automne. L'écliptique venait tout juste de rencontrer l'équateur céleste. Soizic avait découvert une vingtaine de nouvelles têtes et quelques redoublants de l'année précédente. À cette saison, la montagne était tout simplement magnifique, un retour au fort Belin avait suffi pour convaincre la Bretonne de la beauté du lieu.

En pays Gallo, le général Hiver, peut-être trop loin de chez lui, limitait ses offensives. La cité malouine était plus saupoudrée qu'enneigée. De retour en terre comtoise, Soizic allait connaître un vrai hiver, son tout premier. Secrètement, elle devait en rêver, de ces batailles de boules de neige, de ces parties de luge, illustrées par les gravures murales de l'école de son enfance. De la théorie, elle allait passer à la pratique, toujours à sa manière… excessive.

La nature allait exaucer ses vœux en envoyant ses premiers flocons à la Toussaint. L'employé communal avait empilé de grosses bûches sous le préau, nettoyé l'énorme poêle de la salle de classe, rempli la caisse à bois. Les vieux l'avaient prédit, aidés en cela par leur baromètre à rhumatismes, et ils se trompaient rarement : le froid frapperait aux portes de bonne heure. La Bretonne découvrait un nouvel univers, un autre monde avec ses rites particuliers. Elle maniait la pelle à neige, imitant avec une grâce certaine la semeuse du Larousse en salant les divers passages. Elle avait fait rougir, rugir l'énorme poêle, surtout pour elle, ses élèves étaient habitués à ces grands froids ; ça les faisait plutôt marrer, cette institutrice grelottante, malgré la chaleur de la pièce et ses épaisseurs de pulls.

Quentin aussi riait, il avait décrété un plan d'urgence pour son instit, un traitement à base de vin chaud. Entre l'effeuillage du soir et l'habillage du matin, la nuit ne serait pas de trop, avait-il ironisé. Tout ce qui, en été, traînait en terrasse, se confinait, s'entassait dans le café du "Commerce", où un Pierrot jouant du plateau et des coudes portait des boissons fumantes. De nouveaux matériaux firent apparaître les premières parkas colorées dans un paysage de blanc et de gris. Soizic avait été très vite initiée à la pratique du ski de fond qu'elle qualifiait d'idéal pour la découverte, un sport qui se donnait des allures de balades, tout en exténuant sournoisement ses adeptes.

Sur neige, Titine avait révélé une tenue de route exceptionnelle. Le trio Quentin-Soizic-Titine allait sévir de Métabief à Lamoura. Soizic était toujours avide de sensations nouvelles ; la descente, sur des pistes qui vireraient rapidement du bleu au noir, allait lui en procurer. Elle apprenait remarquablement vite, détentrice d'un sens inné de l'équilibre testé sur les dériveurs. Quentin s'était improvisé moniteur pour son élève plutôt douée, quoique un peu trop téméraire. Au bras de ce garçon connu et reconnu, la Malouine avait été adoptée par tous. Une sérieuse entorse à la cheville, dont elle avait encaissé la douleur sans mot dire, l'avait définitivement consacrée dans ce clan de sportifs. Comme si elle avait voulu rattraper d'un coup une vingtaine d'années de frustration hivernale, à peine remise, elle ajouterait le patinage sur les lacs gelés.

Leurs vies auraient pu être figées, scellées, entre les deux forts et les monts du Jura, réglées une bonne fois pour toutes au tic-tac des pendules comtoises qui battaient la seconde dans la plupart des maisons. C'était parti pour, jusqu'au jour où…

Les grandes vacances de sa deuxième année de remplacement arrivaient à grands pas. Quentin avait d'abord été étonné qu'une lettre en provenance du Havre lui fût adressée. En décachetant l'enveloppe, il se souvint de sa demande d'embarquement sur le fleuron de la Transat. Cette compagnie avait un projet d'extension de ligne à Bremerhaven, dans le but avoué de s'attirer les grâces d'une clientèle allemande. La lettre répondait à une demande d'embauche formulée deux ans auparavant. Le profil de Quentin convenait ; un certain monsieur Fourneau l'avait convoqué à l'agence du quai Johannes Couvert. Le Franc-Comtois était heureux et contrarié à la fois. Heureux de voir sa candidature retenue et contrarié car, depuis, il y avait Soizic. Leurs promenades étaient devenues des voyages à bord de Titine, des escapades où ils avaient appris à se connaître, s'apprécier et s'aimer. D'abord, Quentin avait eu un réflexe de gosse pris en faute : cacher la lettre au fond du tiroir de son pupitre, comme une chose honteuse. Après tout, juillet était dans un mois, cela lui laissait le temps de réfléchir.

Mais le propre des gens honnêtes est l'incapacité à dissimuler, à savoir feindre. Alors, chez ce grand nigaud - comme aimait l'appeler tendrement Soizic - ça ne le faisait pas. Exactement le garçon qui rosit, qui rougit à la moindre bévue, la moindre gêne, fussent-elles bénignes. Le seul culot, la seule hardiesse qu'il s'autorisait était le baratin qu'il faisait aux filles, et encore, depuis sa liaison avec Soizic, cela appartenait au passé, récent, mais au passé quand même.
Pour preuve, l'anecdote suivante. Ces années soixante voyaient fleurir les premières grandes surfaces, qui n'étaient pas encore des hypers et autres méga-discounts. Un de ses amis, compétiteur comme lui, avait la sale manie de se nourrir dans les rayons des grands magasins. Philippe Daïeb, l'aîné d'une famille bourgeoise connue, qui étudiait l'optique à Morez, chapardait, grappillait. Quentin le suivait de loin dans ses frasques alimentaires, se promettant chaque fois de ne plus l'accompagner. Arriva ce qui devait arriver. Pris la main dans un présentoir et une barre de chocolat dans la bouche, il nia sans complexe le menu larcin à un vigile-cerbère incrédule. Bien que non concerné, la rougeur de Quentin avait tranché en défaveur de Philippe. Traduit séance tenante dans le bureau du directeur, avec un aplomb consommé, Philippe avait évoqué un pari. L'autre avait gobé l'explication fumeuse ; le prédateur des gondoles s'en était tiré avec une simple réprimande.

Soizic était passée prendre son montagnard afin qu'il profite, en sa compagnie, de la coupure d'une paire d'heures à la terrasse du "Commerce". Ces deux-là avaient déjà leurs habitudes. Le soleil aidant, les tables étaient prises d'assaut. Ils eurent bien du mal à se frayer un passage pour bondir littéralement sur une table qui venait tout juste de se libérer. Bien malin celui qui peut cacher quelque chose à une femme, surtout à une Malouine placée dans le rôle implacable du détecteur de mensonge. À ce jeu-là, Quentin était conscient que jamais il ne gagnerait ! Soizic était belle comme un jour d'été, dans une robe bleu marine à pois blancs. Légère, aérienne, elle esquissa un pas de danse devant un Quentin morose.

– Schlupp, ça n'a pas l'air d'aller, un problème ?

Lâchement, il avait détourné la tête, fuyant les yeux de félin.

– Pas dans mon assiette… la crève, j'ai dû attraper la crève.

– Au mois de juin ! Par vingt-cinq degrés ? Toi, l'homme des grands froids ! avait-elle répondu dans une cascade de rires.

Devant le mutisme affiché de son Nigaud, elle avait pris la parole pour deux en expliquant qu'à l'approche des vacances les gamins étaient passablement énervés, et, dans un fondu enchaîné parfait, elle avait annoncé la fin de son remplacement.

– Tu vas partir ? avait-il demandé fébrilement, ce qui était la moindre des choses puisqu'il se disait malade.

– Oh, pas maintenant, mais à la rentrée prochaine, c'est possible.

– Et tu me dis ça maintenant ?

Il se trouvait ramené soudainement à la lettre "oubliée" dans le tiroir.

– Mais ça nous laisse près de trois mois pour en parler ! avait-elle répondu, inquiète de le voir dans cet état d'excitation.

– Non, non et non, Soizic, pas trois mois ! Tout de suite ! Voici venu le temps des grands départs !
– Des… ?
– Oui, des, le tien et le mien.
– Où pars-tu, toi, Quentin ? avait-elle répliqué avec arrogance. Ça sentait la prise de bec XXL.
– Où je pars ? Sur les océans, mademoiselle Larnicol !

Ça l'avait calmée d'un coup, Soizic ; littéralement assommée, elle n'y comprenait plus rien. Contre toute attente, la bouillonnante Bretonne avait longuement expiré et adopté une attitude étrangement calme.
– Quentin, j'ai l'impression de me retrouver dans ma cour de récréation. Nous allons nous expliquer cal-me-ment.
Le garçon, un peu soulagé, avait relaté précisément l'histoire de la lettre, ses envies, ses regrets. Sans se départir de son calme, elle avait argumenté que, pour lui comme pour elle, tout cela était somme toute moins grave que la maladie.
– Ce soir, à notre pizzeria habituelle, après ton service, je t'invite, d'accord ?

Le malade imaginaire avait accepté, ça promettait d'être chaud. Contrairement à ses prévisions, Soizic apparut toujours aussi détendue. Les deux margaritas arrosées d'un pétillant lambrusco furent avalées dans une ambiance apaisée. Gino avait tout fait pour la trentaine de clients installés sur sa terrasse gardée par les deux forts. Rien ne manquait, ni la guirlande d'ampoules multicolores, ni les bougies sur les tables de dînette (le frottement des genoux était inévitable), ni la musique sirupeuse diffusée par des haut-parleurs accrochés aux branches. Tout cela prédisposait à des roucoulements amoureux, nos tourtereaux ayant volontairement occulté le sujet sensible des départs.

C'est au dessert que l'orage, aussi violent que bref, avait éclaté pour une peccadille, au moment de la dégustation du tiramisu. Quentin, en professionnel de l'hôtellerie, avait donné la traduction de cette pâtisserie prometteuse. De façon inattendue, la discussion concernait maintenant le site d'Alésia en Bourgogne, défendu bec et ongles par la jeune institutrice, pendant que Quentin soutenait les fouilles d'Alaise en Franche-Comté. Lequel des deux avait été le théâtre de la défaite de Vercingétorix ? Alise contre Alaise, la bagarre à coups d'arguments archéologiques faisait rage et dura jusqu'au jet d'une cuillère de panna à la face du Comtois qui avait répliqué de la même manière. Soizic esquivant, la chantilly avait alors fini sa course sur un couple colleté, cravaté, qui avait pris le parti d'en rire. Les uns, bons joueurs, les autres bons princes, avaient accepté l'invitation au verre de l'amitié d'un Quentin qui avait viré au rouge. La soirée s'était achevée autour d'une bouteille d'Asti. La magie de la belle saison avait fait le reste. Nos deux amoureux étaient coutumiers de ce genre d'algarade se terminant invariablement par des fous rires complices. Ces joutes verbales, tous deux en raffolaient : une sorte de jeux de rôles d'où jaillissait une insouciante jeunesse.

De retour à l'hôtel, Quentin s'étonna d'une deuxième lettre du responsable d'armement de la Compagnie générale transatlantique. "Peut-être que celle-ci annule la première, se surprit-il à espérer, au moins le problème serait réglé une fois pour toutes". Il hésitait à l'ouvrir ; elle était datée du 30 juin 1967. Cette fois-ci, il n'avait ni l'envie, ni le temps de la dissimuler : Soizic poussait la porte du hall. Alors que la Bretonne l'affublait de plusieurs surnoms, lui demeurait dans un classique "Soizic" en s'adressant à sa compagne.

– Soizic, il faut que je te parle, c'est du sérieux. Je suis convoqué pour le 15 août au siège de la Transat. Aide-moi, je t'en prie, à prendre une décision.

– Je suis Malouine, Quentin. Des départs de marins, notre famille en a subi depuis des générations ; au mieux ils partaient six mois, au pire ils ne revenaient jamais. Je pensais, ici, être à l'abri de ce désagrément. Eh bien non, le seul grand Nigaud qui, dans cette région, veut embarquer, je tombe dessus ! Mais pourquoi donc êtes-vous attirés par cette mangeuse d'hommes ? Peux-tu m'expliquer ?

Plus que jamais, Quentin avait décliné toute une palette de rouges. Cela avait commencé par les oreilles et fini par empourprer les joues. Un élève qui rend une mauvaise copie, voilà à qui, à quoi il ressemblait. Là, il ne s'agissait pas d'une simple bévue, d'une de leurs blagues coutumières, l'heure était grave. Soizic le fixait, le transperçant de ses yeux verts de chat, prête à griffer : une colère froide sur ce pâle visage qui tranchait singulièrement avec la mine rougeaude du Jurassien.

– Le langage binaire, tu connais ?

– ??

– Chez moi, vois-tu, c'est pareil, un ou zéro. Tu pars, c'est zéro, et encore, pointé !

– Pourquoi répondre par un ultimatum ? N'existe-t-il pas une situation intermédiaire ?

– Un sacrifice ? Pour un homme qui va se farcir des filles sur un bateau ? Vois-tu, Quentin, on me propose à la rentrée Champagnole, Thonon ou Le Havre. J'étais prête à choisir le

Jura. Mais voilà, Môssieur préfère les chimères des mers chaudes !

Un Quentin aphone fixait à son tour la Bretonne, sachant qu'il risquait, à l'instant, de tout perdre. Plus de fuite possible, à court d'arguments, il prenait conscience que le piège se refermait sur lui : le choix, c'était maintenant. Une fois de plus, Soizic lui sauva provisoirement la mise.
– Quarante-huit heures, pas une de plus, c'est le délai qui m'est accordé par l'Académie pour le choix de ma mutation. À ce propos, une de mes collègues recherche une équipière pour une régate à Thonon. Je pars seule, pour ne pas influencer ta décision.
– Où vas-tu dormir ?
– Pas de souci, la course est prévue sur un First d'une trentaine de pieds, donc habitable.
Quentin soupira ; seul, il se rendit au "Commerce". Soizic regagna sa chambre ; elle avait envie de pleurer, mais n'y parvenait pas. Elle prit le parti de faire son sac, elle partirait aux premières lueurs de l'aube. Quentin prit une cuite mémorable et ne put assurer son service.

Soizic s'était donné la journée pour accomplir ce court périple. Titine serait ménagée. La Bretonne n'avait pu s'empêcher de s'arrêter dans leurs lieux cultes, chaque fois un peu plus triste à l'approche des rives du Léman. Arrivée dans la ville de cure, elle avait préféré la marche au funiculaire, évitant volontairement Éric et Christine. Elle aussi avait besoin de solitude pour faire le point. Carole, sa collègue, était déjà à pied d'œuvre sur le pont du bénéteau, paré pour la régate du lendemain. Après les salutations d'usage, la jeune institutrice apprit qu'elle remplaçait un mari parti pour un soudain voyage d'affaires.

Les deux célibataires d'un soir avaient opté pour une mondeuse qui allait délier les langues. En fait, c'était surtout Soizic qui avait un besoin urgent de parler. Elle avait expliqué méthodiquement sa situation avec Quentin. Le joran s'était levé. Amarré à quai, le First accusait pourtant un léger roulis accentué par une bouteille de crépy sur laquelle il avait fallu se rabattre, la première étant réduite à l'état de cadavre. Dans le minuscule carré, les deux femmes avaient longuement parlé. Carole ignorait que, peut-être par ses conseils avisés, elle sauverait le couple à la dérive. Un point commun entre les protagonistes de cette journée avait été la prise de quelques aspirines destinées à dissiper la brume qui sévissait dans ces crânes agités.

La régate s'était déroulée sans éclat, reléguant les deux équipières bien en deçà des top ten. Soizic, habituée aux vents établis de l'océan, avait eu de la difficulté à réagir à ces régimes changeants du Léman, à ces brises légères et capricieuses. Titine, pour le retour, avait été lestée d'une quantité impressionnante de produits régionaux que Soizic se promettait de distribuer à sa famille.

C'est un Quentin aux yeux passablement défraîchis qui accueillit la navigatrice du Léman. Une fois de plus, ils se rendirent à la terrasse du "Commerce". Pierrot agitait sa lavette de table en table. Avec son éternel sourire, il s'adressa à la Bretonne :
– Dis, Soizic, que lui as-tu donc fait, à ton garnement, pour le mettre dans des états pareils ?

Le garnement ne pipait mot, la Malouine avait pris du poil de la bête. Quentin lui avoua piteusement qu'il avait passé plus de temps à cuver qu'à réfléchir.

– C'est pas comme ça que nous allons avancer, Nigaud !
– Je vais te rassurer, je renonce, c'était juste un rêve de gamin. Je n'ai jamais bougé de ce trou. À contempler à longueur d'année les deux forts, tu peux imaginer que l'on puisse avoir envie de changer d'horizon. Mais rassure-toi, j'abandonne ce projet.

Cette abdication, il l'avait préparée, ruminée, entre Leffe et Grimbergen, pendant deux jours. Il ignorait, à ce moment précis, que Soizic - pour la première fois de sa vie - allait fléchir.

– J'ai pris une décision, Quentin. Ma prochaine rentrée, ce sera avec des petits Normands, des Bézots, comme on dit là-bas. Et devine où ?
– Tout va trop vite pour moi, Soizic. Dis-moi ?
– Là où ton paquebot sera à quai tous les dix, onze jours...
– Au Havre ! s'était écrié le Comtois, qui, sans trop y croire, poursuivait :
– Tu... tu veux dire que tu cautionnes mon départ ?
– N'exagérons rien. Carole y est pour quelque chose, et puis, ça me rapprochera de ma famille. Est-ce que j'ai le droit de briser un rêve d'enfant ? Une condition, cependant : ça durera le temps de mon affectation au Havre. Après, nous partirons tous les deux.

Dans une large étreinte, ils avaient pleuré tous les deux, comme des idiots, heureux, ivres de ces retrouvailles. Ils continueraient d'écrire leur histoire qui avait commencé sous un ciel de rage, sous un ciel d'orage. Ce soir ils retrouveraient les ampoules arc-en-ciel de Gino. La vie, toute bête, toute belle, allait continuer pour ces deux-là. Sous un ciel étoilé, Titine récupérait, son équipée lémanique l'avait épuisée.

Au fond de lui-même, Quentin avait une crainte qui se transformait en véritable trouille à l'approche de la date fatidique où la Vierge Marie serait fêtée. Le Comtois réalisait l'ampleur de ce changement. Pour la première fois, il allait quitter ses parents, ses amis, les deux forts, et surtout Soizic. Il allait plonger dans un total inconnu où tout serait nouveau.

Monsieur et madame Dubois étaient convaincus, du moins jusqu'à l'arrivée de la fameuse lettre assassine, que leur fils reprendrait l'hôtel. La maman, surtout, en voulut à la Bretonne, persuadée qu'elle était l'unique cause de ce départ précipité. Soizic se voyait considérée comme une intrigante, pire, une étrangère. Ces parents possessifs auraient préféré pour leur fils une promise plus… autochtone. À l'heure où l'on parlait de l'Europe, les barrières régionales n'étaient pas encore levées et les propriétaires de l'hôtel des "Deux Forts" auraient bien frappé l'enseignante d'un quelconque ostracisme. Si Dubois père n'avait pas été influencé par une épouse autoritaire, ce départ aurait été moins pénible. En secret, il n'était pas insensible au charme de la Malouine. Il enviait son fiston qui allait vivre une expérience que lui-même ne connaîtrait jamais.

Titine, pour cette occasion, avait eu les faveurs d'une grande révision, orchestrée par l'arpète qui avait pris de l'assurance, du métier et du poil au menton. Le patron, dont l'embonpoint empêchait toute reptation sur la planche à roulettes, déléguait des responsabilités croissantes à son apprenti qui s'imaginait déjà chef dans ce bel établissement.

Le directeur de l'école avait mis un point d'honneur à organiser un pot d'adieu pour la jeune institutrice. Il était même allé jusqu'à décaler ses propres vacances pour cette garden-party dans la cour de récréation, avec possibilité de repli sous le préau pour pallier les caprices d'une météo incertaine. Une fête réussie où il ne manquerait ni le discours du chef d'établissement, avec juste ce qu'il fallait d'émotion dans la voix, ni le serrement à la poitrine de Soizic qui s'était attachée à cette région, ni les fleurs apportées par quelques gamins qui n'auraient pas le plaisir des châteaux de sable.

Dans le petit logement de fonction, deux malles attendaient les effets de la Bretonne, avec en retrait, un peu ridicule, la minuscule valise qui avait voyagé du quai de la gare de Mouchard à l'hôtel des "Deux Forts", un certain soir de déluge.

Ils étaient retournés au fort Belin où la pierre plate les avait accueillis la toute première fois. Quentin serrait la main de Soizic.
– J'ai comme une angoisse, Soizic, les jetons sur notre avenir, notre devenir…
– Assume ta décision, Nigaud, nous ne partons pas au bagne, tout de même.
– Non, mais j'ai peur. J'ai l'impression que ces deux forts nous protégeaient.
– Je le pense aussi. Soyons courageux, Quentin, et sache que la Malouine ne fait pas la maligne, car je partage tes craintes.

Les dernières terrasses du "Commerce", tout comme les pizzas de Gino, avaient une saveur amère. La veille du départ, Schlupp avait passé son ultime nuit jurassienne dans les bras de sa compagne. Les malles étaient sanglées, les gorges étaient nouées. Madame Dubois avait sermonné son fils, ignoré Soizic, bref, des conditions idéales pour ce voyage qui était pour demain… Demain quoi ? Demain où ? Demain comment ?

L'astre du jour avait mis son habit de lumière pour marquer d'un rai lumineux cette nouvelle étape de vie au petit matin du 13. La date avait été retardée au maximum, comme s'ils voulaient emporter un morceau de terre comtoise avec eux. Titine, surchargée, avait l'arrière qui traînait par terre. Un télégramme, arrivé la veille, avait averti Quentin d'un report d'embarquement au 17, qui laisserait au couple un sursis de près de quatre jours. Quatre jours pour traverser la Douce France, chère à Charles Trenet. Quatre jours de petits hôtels en petits routiers où, même dans la verdoyante campagne, Titine abritait parfois leurs ébats amoureux.

Au Havre, ils finirent par y arriver, même en traînant des pneus ; ce rythme de tortillard avait très bien convenu à Titine, dont il fallait vouvoyer la mécanique, comme il sied pour une dame d'un âge certain. Des nuages paresseux filtraient par intermittence un pâle soleil. En femme pratique, Soizic s'était rendue directement à l'office du tourisme ; il y avait urgence à trouver une chambre pour deux nuits. Une régate, le retour du "France" en provenance de New-York, quelques manifestations folkloriques dans les environs, et surtout ce grand week-end du 15 août, allaient compromettre sérieusement leurs chances de se loger. Ils se voyaient déjà passer la nuit dans Titine.

L'employée revint avec un large sourire, elle avait fini par "dégotter", le mot était d'elle, un hôtel sur le port, bizarrement situé sur le quai de Saône. Le couple s'imaginait déjà face à une marina avec vue sur mer et mouettes. En fait, les chambres donnaient directement sur le port autonome, un paysage de grues et de containers. Il avait bien fallu accepter.
Un patron en maillot de corps crasseux qui aurait justifié, à lui seul, une mise en quarantaine, leur avait remis les clés, tendu une fiche à remplir, tout cela sans une parole, la bouche étant occupée à mâcher un mégot qui avait dû être une Gitane maïs. La piaule - on ne pouvait décemment pas parler de chambre - était à la hauteur de la tenue vestimentaire du taulier : sale ! Ils entreprirent de faire un ménage sommaire dans ce qui aurait dû être un nid douillet. Ils décidèrent de visiter la ville avant l'arrivée du paquebot prévue à 17 heures. Du quartier Saint-François à Sainte-Adresse, il n'y avait qu'un tour de roue, facile pour Titine qui venait de parcourir plusieurs centaines de kilomètres.

L'hôtel du "Phare" dominait largement la ville. Quentin s'informa, par pure curiosité, s'il y avait une chambre libre. À leur grande surprise, suite à un désistement récent, la réponse fut positive, et il ne resta plus qu'à annuler la précédente. La régate pouvait être vue du balcon ; Soizic en expliquait les règles, elle retrouvait peu à peu ses repères de fille de la mer.
– Tu vois, Nigaud, là-bas, de l'autre côté de l'eau, c'est une région qui devrait te plaire, la Suisse normande…

Très prof, Soizic y allait de son cours de géographie locale devant un Quentin attentif, absorbé. C'est Soizic qui avait crié "Ho !" en montrant du doigt une masse sombre surmontée de

deux points rouges. Ils identifièrent rapidement le paquebot de la Transat. Quentin avait la gorge serrée.
– Ta future maison, Schlupp, dit-elle, avec un détachement feint. Allons voir ça de plus près.

Sur le quai Johannes Couvert régnait une certaine effervescence. Le monstre d'acier était prisonnier de ses nombreuses amarres, les passerelles passagers et les échelles de coupée équipage étaient mises à poste. Une foule de curieux se pressait sur les barrières métalliques. Quelques galonnés des douanes et des services sanitaires furent avalés par une portelone en quelques secondes. Ils ne virent pas grand-chose des mouvements de foule, mais furent impressionnés par l'énorme coque noire, surtout Quentin qui dévorait le bateau des yeux.

Le soir même, avant de regagner l'hôtel du "Phare", ils avaient mangé une portion de frites au "Petit Vélo Rouge", plus attirés par l'enseigne insolite que par le contenu de la barquette. Pour diverses raisons, ils savaient tous les deux que cette nuit havraise, la dernière, serait blanche, une nuit où se mélangeraient les étreintes, les larmes et la peur des lendemains qui, peut-être, ne chanteraient plus.

Pour Quentin, les formalités iraient bon train : l'agence, la visite médicale, les affaires maritimes, tous ces rendez-vous avaient été pris par l'indispensable monsieur Fourneau, talentueux chef d'orchestre du personnel civil de la Transat.

Quentin en avait le tournis ; il tenait le précieux livret maritime, couleur bleu marine évidemment, vierge de tout embarquement ; la matinée s'était terminée par son habillement, une tenue noire qui s'apparentait à une tenue de croquemort. Son embarquement était prévu pour quatorze heures, celui des passagers pour dix-sept heures. À la pause de midi, Quentin et Soizic n'avaient rien mangé, la gorge serrée, blottis dans Titine ; ils se réconfortaient par des promesses, des serments qui avaient la saveur des larmes.

Quentin gravit l'échelle de coupée avec son maigre bagage à la main et, comme bien d'autres membres d'équipage, il se retrouva sur la moquette rouge du hall des premières envahi par des ouvriers d'entretien de la Coger. Devant son désarroi qui frisait la panique, un électricien lui indiqua le bureau des écrivains où une demi-douzaine de secrétaires mâles s'affairait sur de crépitantes machines à écrire. Là, les formalités furent tout aussi expéditives et il allait connaître très vite son responsable hiérarchique en la personne du chef de réception, un Bourguignon.

Il faut avoir vécu tout cela pour se rendre compte de l'ampleur du changement que subissait Quentin. Ici, tout était nouveau, même la mer qu'il avait entrevue à travers la porte océane. Il est facile d'imaginer l'état d'esprit du Comtois qui devait apprendre tout un langage : poste-équipage, bannette, coupée, et bien d'autres termes incompréhensibles à un non-initié. Un mousse de sonnerie l'avait accompagné à sa cabine, tout à l'avant : deux lits superposés, deux caissons qui devaient servir d'armoires. Ainsi ils allaient vivre à deux dans ce que Quentin qualifiait déjà de trou à rats. L'autre rat, le Comtois allait très vite le connaître : un Corrézien, petit et trapu, qui allait lui servir de guide. Il l'avait déjà informé que la nuit serait consacrée à l'établissement de la liste des passagers, le bureau des écrivains se chargeant de l'équipage.

Mais avant tout cela, il y avait eu l'embarquement de cette foule qui se pressait dans la gare maritime et qui maintenant arrivait par énormes grappes, un déferlement de braillards, de criards canalisés par un personnel en alerte maximum, encadré d'une haie de mousses vêtus de rouge. Le plus étonnant était la brièveté de cette cohue, de ce brouhaha. Une petite heure durant laquelle les cabines, les salons absorberaient cette marée humaine, libérant peu à peu le hall - sauf un passager qui, aussi perdu que Quentin, se dirigeait vers lui, sans doute en raison de sa grande taille : il dominait ses collègues d'une bonne tête. Qu'allait lui demander cet homme ? À lui justement, qui avait passé l'après-midi à se perdre dans ce dédale de coursives et de ponts…
– I would like to know where…

Le Corrézien était venu à son secours en informant lui-même le passager. Quentin tentait de se faire aussi petit que possible, ce qui était difficile avec un mètre quatre-vingt-dix ! Libéré par deux réceptionnistes qui prenaient la relève, il fut entraîné par son guide au réfectoire équipage, immense comme tout le reste.

Après les présentations, les banalités d'usage, le repas avait été vite expédié ; le Corrézien avait rassuré Quentin… "Tu verras, dans une paire de jours ça ira déjà mieux, nous sommes tous passés par là". Sur le pont-promenade, peut-être verrait-il Titine ? Mais le quai était désespérément vide.

Titine roulait en direction du Pont de Tancarville qui l'emmènerait de l'autre côté de l'eau. Soizic avait le cœur gros, le géant des mers avait dévoré son Quentin. Au même instant, les amarres étaient dédoublées, les premières remorques tournées. Le "France" décollait du quai, emportant dans sa carcasse d'acier ses deux mille passagers et son millier d'hommes d'équipage. Quentin réalisait maintenant sa folle aventure qui n'avait tenu qu'à une simple lettre cachée dans le fond d'un tiroir. Il savait qu'il raconterait cette journée mémorable à ses enfants, sans savoir lesquels, tout en espérant qu'ils auraient des yeux verts sous une épaisse crinière brune et bouclée.

Le paquebot franchissait les dernières bouées du chenal, le concert des machines à écrire allait maintenant commencer car il ne fallait surtout pas faire attendre messieurs les Commissaires, le principal et l'administratif, pour qui ces listes de passagers revêtaient une grande importance. Du poste de manœuvre arrière, Quentin contemplait l'énorme bouillon des hélices laissant derrière elles un long sillage blanc, quelle que soit la couleur de la mer. Le lent tangage avait quelque peu barbouillé l'estomac du Comtois. Son mètre quatre-vingt-dix tenait tout juste dans sa bannette, une situation qui amusait beaucoup le Corrézien. Peu à peu, Quentin prenait ses repères, se familiarisait avec le bateau, ses collègues ; une nouvelle vie commençait, une renaissance dont le berceau serait l'infini de l'océan. Si son presque double-mètre imposait le respect, il n'en était pas de même avec les portes étanches qui le gratifièrent de nombreuses bosses et bleus proportionnels à ses explorations du bord. Sa Bretonne le lui avait dit : sur un bateau, mieux vaut être petit. Dans un élan de sympathie, son collègue l'avait envoyé sur la plage-avant afin de profiter pleinement de l'arrivée à New-York. Là aussi, ce fut un moment d'exception qui serait à jamais gravé dans sa mémoire ; il l'avait secrètement dédié à Soizic.

Dix minutes avaient suffi pour rallier Broadway depuis le Pier 88. Une visite à Central Park allait compléter cette journée de découverte, et demain verrait déjà le retour sur Le Havre. Que dire sur l'immense faculté d'adaptation de l'être humain ? Une fois de plus le constat était probant. Le bateau se rapprochait des côtes normandes à un bon trente nœuds. Le Comtois poursuivait son apprentissage maritime, il avait déjà quelques habitudes, voire quelques potes pour qui il était redevenu Schlupp. Au terme de cet East Bound, à nouveau le paquebot ressemblerait à un vaste chantier, et surtout, Quentin retrouverait Soizic ; il ne vivait que pour cela.

La Bretonne était retournée à l'hôtel du "Phare". Elle avait négocié habilement un tarif avec le patron, et surtout fait les frais d'une paire de jumelles. À son habitude, en pensant à Quentin, elle soliloquait : "Comment aurais-je pu imaginer, moi, Soizic, guetter l'arrivée de mon marin !" Sa mère l'avait fait avant elle, jusqu'au jour où le père avait mis définitivement son sac à terre, désormais pensionné par l'ENIM, l'Établissement national des invalides de la marine. "Vite, vite, Titine, le voilà, en route pour les quais !"

Quentin était monté au pont-promenade vidé de ses passagers qui s'entassaient dans le vaste hall. Les marins des remorqueurs, puis les lameneurs s'activaient pour amarrer le paquebot. Sur le quai stationnait une voiture miniature avec une Bretonne surexcitée qui faisait des grands signes à un Quentin ivre de bonheur. Il fallut tout de même une bonne heure avant leurs étreintes arrosées par des larmes… de rire, cette fois-ci. Encore une paire de jours à vivre intensément ; leur première journée, ils la passeraient à Étretat, ainsi en avait décidé la Malouine.

Malgré un petit vent frisquet, quelques téméraires profitaient de cette fin août. Ils étaient allés jusqu'au monument de Nungesser et Coli et s'étaient raconté leur tranche de vie ponctuée par les nombreuses questions de Soizic…

Ils décidèrent de fêter leurs retrouvailles dans un des quelques restaurants où ne manqueraient ni la mer, ni les galets, avec en toile de fond un ciel qui se devait d'être constellé. En dépit d'une légère brise plutôt fraîche, ils optèrent pour la terrasse, malgré les réticences du patron, et où, seuls, ils étaient observés par les autres clients installés derrière la baie vitrée. Quentin pétrissait avec tendresse la main de Soizic. Pour lui, l'amour était au beau fixe ; pour elle, c'était un peu plus nuancé. Depuis son retour, il n'avait cessé de parler de son nouveau travail, et la Malouine, ça l'agaçait un peu.

Quentin allait effectuer un acte chirurgical sur une sole meunière, lorsque Soizic lâcha :
– Neuf mois, le temps d'une grossesse, Quentin !
Il en avait lâché les couverts.
– Co… comment ? Enceinte, tu es enceinte ?
– Mais non, Nigaud, je parle de la collègue que je dois remplacer, neuf mois, pas un de plus !

S'ils avaient ri de la méprise, l'avertissement était loin d'être anodin. Quentin prenait acte. Rentrés au Havre, ils avaient prolongé le plaisir de cette journée en allant boire un pot au "Week-End", proche de leur hôtel, qui n'était pas sans rappeler le "Café du Commerce". Une fois de plus, la petite et la grande aiguille avaient fait la course. La vie allait reprendre au rythme des escales havraises, trop courtes selon une Soizic qui supportait de moins en moins cette vie en pointillés. Quentin s'en apercevait, s'en désolait. Le clou de ce désarroi avait été l'annonce de croisières antillaises au départ de New-York prévues pour deux mois. Sincèrement, elle avait regretté sa faiblesse, sa mutation au Havre qui avait retrouvé son vrai visage de brume, de crachin, d'ennui.

Si l'institutrice avait dû noter sa rentrée, elle aurait écrit "médiocre" comme appréciation. Elle était loin de l'enthousiasme de la rentrée précédente, elle regrettait amèrement ses petits Jurassiens. Ici, la plupart de ses élèves étaient des fils de marins, et il courait de drôles de bruits alimentés par ces gamins qui n'en connaissaient pas toujours le sens. Par exemple, un appareillage reporté du "France" et des maris qui étaient retournés chez eux. À la clé, une bonne centaine de divorces. Même si Soizic pouvait douter de la véracité des faits, la méfiance, le doute s'installaient progressivement dans son esprit. Un beau garçon comme son Nigaud ne pouvait pas laisser indifférent. Seule éclaircie, Quentin serait là un mois pendant la période de Noël. Ces vacances seraient malouines, avec présentation du Jurassien à sa famille, et peut-être l'intention non avouée de mettre le grappin sur ce garçon. Lui aussi sentait le vent tourner, et pas forcément en sa faveur, même si ce jugement était atténué par le fait qu'il allait connaître le clan Larnicol.

Passée l'euphorie des premières rotations sur New York, son avis sur la vie à bord devenait plus réservé. Néanmoins, il était devenu un collègue apprécié de tous ; là aussi, la gentillesse naturelle, la communication facile avaient joué en faveur du montagnard.

Par lâcheté ou par désir de ne pas entacher ce mois de leurs énièmes retrouvailles, un peu des deux peut-être, Quentin avait décidé de ne pas parler de cette croisière, dite des trois continents, qui l'éloignerait durant près de trois mois, si on y ajoutait une croisière méditerranéenne avant la reprise des voyages sur New-York. Il serait toujours temps d'informer Soizic quelques jours avant l'appareillage.

D'emblée, le garçon avait plu à la famille Larnicol. Ces gens de mer appréciaient la stature, la carrure de Quentin.
– Avec un gaillard pareil à mon bord, nous aurions abattu de la besogne !
– Ça va, papa, ces histoires-là, pour toi c'est du passé, avait répondu Soizic, agressive.
– Pour moi oui, pour lui non, n'est-il pas inscrit maritime ? s'entêtait le père.
– Un marin d'opérette pour des passagers blasés de tout !
Pendant ces moments-là, Quentin rougissait, faisant profil bas. Larnicol père prenait alors sa défense.
– Te laisse pas faire, garçon, ma princesse est une Penn Kaled, une tête dure comme on dit chez nous.

Mais chez Soizic, ces colères ne duraient jamais bien longtemps, l'incendie s'était aussi vite éteint qu'il s'était allumé. Cela aussi, Quentin le savait. Les jours passèrent, les amoureux retrouvaient peu à peu certaines sensations qu'ils avaient eu la sottise d'imaginer oubliées. Les fous rires reprenaient en même temps que la confiance.
Titine avait été mise à contribution pour assurer les nombreuses visites de cette côte déchiquetée par les vents, par l'assaut éternel de l'eau mangeuse de roche. Des éléments

capricieux qui expliquaient la rudesse des hommes arrachant leur maigre pitance à la mer, à la terre, toutes deux ingrates.

Les "Joyeux Noël" laissèrent place aux "Bloavez Mad", scellant définitivement la fin de l'année pour basculer en 1968. Soizic allait retrouver ses Bézots. Quant à Quentin, il voyait arriver à grands pas le spectre de l'embarquement dont il faudrait bien expliquer les modalités à la Malouine. "Ça s'était mal passé" serait un doux euphémisme. Soizic s'était sentie trahie, humiliée par un Quentin cachottier, lâche, fourbe. Tous les adjectifs blessants avaient été employés avec, en ponctuation finale, une magistrale paire de gifles, la toute première encaissée par un Quentin qui n'avait trouvé d'autre ressource que la fuite. Partir loin d'ici, fuir cette furie au plus vite. Le "France" allait lui en donner l'occasion le soir même. La nuit, Soizic avait sangloté, entre colère et remords. Le lendemain, elle s'occuperait de sa mutation prévue pour mai. Entre temps elle avait eu quelques nouvelles de Carole, sa collègue de Thonon, affectée à Paris, d'où elle était originaire. Entre elles il y avait eu quelques échanges épistolaires ; de Quentin, rien.

Pourtant, le Jurassien avait écrit, il avait envoyé une lettre de Bahia où il exprimait ses regrets, justifiant son silence ; une lettre grave, triste, qui avait la tonalité d'un glas ! Il y annonçait que seul le travail meublerait sa solitude, qu'il finissait son contrat en juin, qu'il retournerait certainement chez ses parents. Courant mars, sans nouvelles de Quentin, la Bretonne avait envoyé une lettre "à faire suivre à l'agence du Havre".

Ni l'une, ni l'autre n'étaient parvenues à leur destinataire. En mai, Soizic répondit favorablement à une invitation de Carole.

De la province, elle avait mal évalué l'agitation qui secouait Paris. Pourquoi avait-elle accepté ? Par curiosité ? L'envie de vivre cette vague contestataire ?
Elle avait garé Titine rue Gay-Lussac, pas très loin de la Sorbonne, les deux amies préférant le métro pour leurs déplacements. S'étaient-elles jointes aux manifestations ? Sans doute, à vingt ans, toute révolution est bonne à prendre. Après l'euphorie des premiers défilés, Soizic décida de regagner la Normandie. C'est précisément à ce moment-là qu'elle s'inquiéta de sa voiture. Titine avait trinqué, cabossée de partout, pare-brise éclaté, pneus crevés, capote lacérée, et elle avait refusé tout démarrage. L'institutrice était dépitée, profondément attristée.
– Carole, je suis une conne. La pauvre voiture est une épave, j'ai été odieuse avec Quentin, tiens, voilà les papiers… Si tu trouves quelqu'un pour m'en débarrasser…

Elle essuya une larme, posa un dernier regard sur ce qui avait été une jolie histoire.

Le déroulement de ces deux derniers jours avait déboussolé Carole. Après le départ de son amie, elle avait découpé dans un carton un panneau où elle avait inscrit "À vendre - S'adresser au bar en face". Il s'agissait d'un bistrot de quartier en-dessous de son modeste logement, son mari ayant pris un poste à l'étranger.

Jus de presse

Rolf et Marina

Même si Mai 68 avait dépassé les frontières, comment était-il perçu Outre-Rhin ? Ne pas couvrir cet événement, pour un journaliste, ne pas le vivre, pour une romancière, aurait été sacrilège. Rolf et Marina, main dans la main, ressemblaient à deux touristes ordinaires, mais en aucun cas à des chasseurs de scoops. L'homme était grand, longiligne ; des cheveux gris, malgré son jeune âge, surmontaient un visage fin orné d'une barbichette qui lui donnait une allure de prof, d'étudiant attardé. Marina ressemblait à tout, sauf à l'idée que l'on pouvait se faire d'une Allemande. Petite, brune, avec deux yeux noisette pétillants, parfois plus parlants que la parole elle-même. Un contraste total entre ces deux êtres qui ne se quittaient pas. Lui, méthodique et appliqué, elle, désordonnée, imprévisible. Un point commun cependant, leur passion pour la France et le français, qu'ils maîtrisaient parfaitement, avec juste ce qu'il fallait d'accent pour en souligner le charme. En France, ils mettaient un point d'honneur à employer notre langue en s'adressant l'un à l'autre.

Carole ne décollait pas l'oreille de sa petite radio : entre manifestations et occupations, certains cours étaient supprimés et bon nombre d'écoles fermées. Qui faisait quoi ? Au fond, personne ne savait trop. Bien malin, à l'époque, celui qui aurait pu apporter une réponse. Le patron du "Bar Biturique" avait la tête de l'emploi, une tête de beaujolais nouveau permanent. Il s'était mis dans l'idée de servir "à la française", comme il l'avait dit à ces deux touristes qui dénotaient singulièrement dans ce bar. Rien de plus efficace que le petit blanc du matin pour faire trembler une main qui ne vous obéit plus. La moitié du pot de chocolat s'était répandue sur la table d'angle. Rolf et Marina ne savaient quelle contenance prendre, partagés entre le rire et la désolation, face à ce patron bourré… de bonnes intentions. Il avait réussi à comprendre que ces deux-là venaient pour la 2 CV. Dix minutes pour grimper à l'étage, autant pour expliquer à Carole, entre deux hoquets, l'objet de sa visite, et le même temps pour redescendre, aidé cette fois-ci par l'institutrice qui avait un mal fou à manipuler ce quintal imbibé.

L'Allemand se leva pour saluer Carole, Marina se contentant d'un "Hello". Racontant sa passion pour les 2 CV, il expliqua qu'il voulait acquérir précisément celle qui croupissait dans la rue. Avant même que Carole n'ait ouvert la bouche, il lui tendit une enveloppe contenant trois mille francs, une somme bien au-dessus de ce qu'aurait pu espérer Soizic, en fait le double de ce qu'elle avait payé à Salins. Le soir même, Titine était chargée sur un plateau pour Strasbourg.

La quatrième vie de Titine venait tout juste de commencer.

Il était clair que ces deux-là n'avaient pas l'angoisse des fins de mois difficiles. Depuis Paris, un grand garage avait été contacté, soucieux qu'ils étaient de voir ce symbole de l'automobile française renaître… en France. À dix-huit heures, Titine entrait au département carrosserie du "Grand Garage Rudloff" pour y subir le plus important lifting de sa carrière. Rolf avait donné des consignes précises au chef d'atelier. La voiture retrouverait sa carrosserie d'origine, avec les fleurs cependant et, sur l'aile droite, une représentation du sigle antinucléaire en bilingue :

"Atomkraft, nein Danke / Énergie nucléaire, non merci". Le tout serait exécuté par un professionnel de l'atelier peinture. Ils décidèrent de fêter l'événement en flânant dans la "Petite France". Rolf, que des mauvaises langues auraient qualifié de rachitique, mangeait comme quatre, bravant de la fourchette une Kolossale portion de baeckeoffe, tandis que la romancière grignotait une flammekueche-salade. L'Allemand, relativement satisfait de sa moisson journalistique parisienne, commentait entre deux bouchées une esquisse de ses articles futurs, qu'il remettrait au rédacteur en chef du "Bild am Sonntag". Marina l'observait, amusée par ce garçon qui ne vieillirait jamais.
– Pourquoi souris-tu, Marina ?
– Je pense au patron du bar, à Paris… à lui seul il mériterait un livre…
– Ces Français, si différents de nous, pourras-tu m'expliquer un jour pourquoi ils nous attirent autant ?
– Parce que, justement, ils sont différents, ils échappent à tout contrôle, ce sont des électrons libres, ingérables, insoumis, indisciplinés, bref, in-tout.
À nouveau, Marina était plongée dans ses pensées.
– Rolf, je viens de penser à un truc, cette bagnole, elle doit bien avoir une histoire.
Bagnole, truc, au même titre que fringue, pote, bouffe, faisaient partie de leur vocabulaire ; elle reprenait :
– Si nous l'écrivions, cette histoire, toi pour les articles, moi pour un roman ; enquêtons comme le feraient des policiers !
– Farfelu, mais jouable, avait tranché Rolf. Voilà de quoi occuper intelligemment nos prochaines vacances.

La nuit alsacienne fut pleine d'amour, d'humour, de projets dont une fois de plus Titine serait l'incontournable vecteur.

Une semaine plus tard, ils la découvrirent, trônant au milieu du hall de réception.

Titine avait retrouvé ses vingt ans, une renaissance à la hauteur de la liasse de Deutsche-Mark remis par un Rolf satisfait de la cure de rajeunissement de sa protégée.

Marina fonctionnait à l'impulsion, à l'image de ses créations : une idée était lancée, elle mettait tout en œuvre pour la réaliser immédiatement. Le différé, le décalé, la remise au lendemain, n'étaient pas pour elle. Si Rolf l'avait écoutée, le soir même de la récupération de la "star", ils partaient à la recherche de Soizic… Pour le journaliste, c'était un peu plus compliqué, il fallait d'abord poser le problème, le penser, et il fallait qu'il intègre l'enquête dans ses reportages. Bref, la reconstitution de la vie de Titine s'étalerait sur plusieurs années.
– Mais pourtant tu m'avais dit…
– Que j'étais favorable à ce projet, bien sûr, je ne démens pas, laisse-nous le temps de nous organiser.

Organiser, prévoir, c'était tout lui, ça, des mots bien à lui. En fait, ce garçon canalisait, dosait l'énergie de la romancière. Elle reconnaissait honnêtement que, au fond, c'était parfois nécessaire. Avant l'écriture, n'y avait-il pas eu la peinture, la sculpture ? En femme douée, elle avait réussi dans chaque domaine. On ne pourrait pas dire que ça agaçait Rolf, mais un peu quand même. Pour le journaliste, la logique aurait été de faire correspondre les besoins de l'enquête avec ses déplacements. Rien à voir avec Marina, qui aurait voulu boucler l'affaire dans les trois mois. Qui l'emporterait ? L'irrationnel ? La méthode ? La raison ? Où cela les emmènerait-il ? La réponse était détenue par une Titine qui, pour l'heure, se chauffait la tôle par un doux soleil d'été.

Dans la deuxième quinzaine de juillet, Rolf avait été envoyé à Prague pour couvrir le mouvement de contestation qui sévissait dans la capitale tchèque. Depuis le mois de mars, ses habitants avaient cru pouvoir conjuguer communisme et liberté. Le 20 août, les chars soviétiques se déployaient dans le pays, le rêve était brisé. Rolf avait été prié fermement de regagner l'Allemagne, la plupart de ses reportages ayant été saisis. Écœuré, il céda à Marina et ils partirent pour Paris à la rencontre de Carole.

Carole, qui n'ignorait rien des difficultés que rencontraient Quentin et Soizic, avait jugé utile d'observer un droit de réserve, elle-même n'ayant plus de nouvelles du couple depuis le mois de juin. Rolf et Marina avaient pu obtenir, après d'âpres négociations, l'adresse des parents de l'institutrice. Le lendemain, ils mirent le cap sur Saint-Malo.

Pourquoi avait-il fallu qu'ils arrivent à l'heure sacrée du repas ? Midi venait tout juste de sonner. Cela avait été leur première erreur, en France on ne plaisante pas avec ces choses-là. Larnicol père venait à peine de se mettre à table, pendant que son épouse s'affairait dans sa cuisine. Pourtant, Rolf et Marina la connaissaient, cette manie très hexagonale de la prise ponctuelle des repas. Ça avait dû leur échapper.
– C'en est-y une heure pour venir chez les gens, avait maugréé le patriarche en réponse à la frappe de Rolf.
Le journaliste avait dû baisser la tête, à côté de lui Marina semblait avoir une taille raisonnable. À son habitude, dans un

quasi garde-à-vous ponctué d'une légère courbette, Rolf s'était présenté ; moins guindée, Marina avait fait de même. Sans retourner la politesse, monsieur Larnicol attaquait, tranchait dans le vif.
– Vous me rappelez un capitaine de la Waffen SS, tout plein de politesse comme vous, n'empêche qu'il a fait fusiller cinq gars de chez nous…
– Monsieur Larnicol, nous ne sommes pas là pour raviver de bien tristes souvenirs, seul un entretien avec votre fille Soizic nous intéresse. Vous alliez passer à table, veuillez excuser cette indélicatesse, nous reviendrons plus tard.
– Non, pas la peine, finissons-en, le plus tôt sera le mieux. Soizic n'habite pas ici, elle a été nommée à Thonon, et son ami enseigne aussi.
– Nommée ?
– Institutrice à l'école Saint-François. Au revoir !

À ce moment précis, à qui en voulaient ces deux vieux ? À ces deux Allemands trop polis, à leur fille qui ne revenait pas au pays ? Ils avaient lorgné à travers une fente du rideau ces deux étrangers qui montaient dans une voiture ressemblant à s'y méprendre à la 2 CV de leur fille. Les mêmes gamins, sans doute ceux de la première fois, un peu plus âgés, avaient tourné autour de Titine… Rolf avait été dérouté par l'accueil du Breton, Marina était attristée.
– Tu vois, Rolf, ce Français-là est encore en guerre. Je me demande si mon idée était si bonne que cela.
– Ces gens ont beaucoup souffert, les blessures sont profondes, on n'efface pas le malheur d'un coup de gomme, il nous faudra être patients. Souhaitons que la fille ne soit pas comme le père. C'est dans cet état d'esprit, celui du doute, du découragement,

qu'ils arrivèrent à Thonon. À Concise, un quartier de la ville qui sommeillait sur la rive gauche du Léman, ils n'eurent aucun mal à dénicher l'école Saint-François. L'heure de la récréation venait de sonner, la Bretonne s'était dirigée vers ce couple qui l'avait demandée.
– Mademoiselle Larnicol ?
– C'est moi, bonjour.
– Venez une toute petite minute, nous ferons les politesses plus tard, nous avons quelque chose à vous montrer.
Après avoir confié ses élèves à une collègue, elle avait suivi avec curiosité ce couple mystérieux sur le perron. D'abord elle n'avait rien vu ; Rolf, en lui tapotant l'épaule, lui avait montré du doigt Titine, garée de l'autre côté de la rue. Soizic était sans voix, mais, malgré tout, elle parvint à articuler :
– Mon Dieu, comment est-ce possible ? Titine ressuscitée, c'est un miracle !
– Bah, un peu d'amour et une poignée de Deutsche-Mark ont suffi…
– Et vous avez parcouru cette distance pour venir me montrer Titine ?
– À vrai dire, non, je suis journaliste et mon amie romancière, et nous aimerions écrire l'histoire de Titine. Seriez vous prête à collaborer ?
– Écoutez, vous me prenez un peu par surprise, il faudrait que j'en parle à mon compagnon, il termine ses cours à dix-huit heures ; disons rendez-vous à dix-neuf heures chez "Éric et Christine", les filets de perche y sont excellents et vous êtes nos invités.
– Nous avons failli abandonner ce projet après l'accueil de vos parents.
– Mon père a perdu un frère à la guerre…

– Je comprends. Si nous pouvions remonter le temps, éviter les désastres… À tout à l'heure.

Rolf et Marina avaient joué une fois de plus aux touristes, en arpentant le port de Rives. Le temps était très chaud pour la saison, ce qui comblait d'aise les inconditionnels des terrasses. À dix-neuf heures précises, Soizic et son compagnon arrivèrent à la table du couple allemand.
– Permettez-moi de vous présenter Quentin, professeur de technologie hôtelière à l'école d'application de Thonon.
Rolf et Marina firent part de leur projet à un Quentin tout étonné, entraîné par Marina qui lui présenta la flamboyante Titine. L'émotion avait été trop forte, il essuya une larme en embrassant la voiture.
– Si Soizic est d'accord, nous sommes preneurs.
– Bien, alors commençons tout de suite, rien de tel qu'un bon repas pour se laisser aller aux confidences…

Très professionnel, Rolf avait mis en marche un petit magnétophone, alors que Soizic passait la commande à Christine qui avait du mal à contenir sa curiosité. Ils avaient évoqué sans retenue leur histoire à tous les trois, en y impliquant Titine. Rien n'avait été omis, pas même la pierre plate du fort Belin. Les deux enseignants se prêtaient avec enthousiasme au jeu de l'interview, s'imaginant déjà, peut-être, en vedette, à la une d'un quelconque journal d'Outre-Rhin. Rolf n'avait même plus besoin de poser des questions, les anecdotes défilaient à tour de rôle, les deux narrateurs débitaient un flot de paroles d'une source qui semblait ne jamais tarir.
– Notez, avait repris la Bretonne, notre histoire a failli capoter. Imaginez un peu : mon Nigaud s'était mis en tête de faire le

marin ; en juin, il n'a pas renouvelé son contrat...
– Mon chef de réception, reprenait le Comtois, était sorti de l'école hôtelière de Thonon, où il avait gardé de bonnes relations ; une place de prof était vacante, il m'a pistonné, appuyé si vous préférez, car le courant passait bien entre nous… Voilà où nous en sommes aujourd'hui.

La terrasse était déserte, Éric et Christine s'étaient joints à eux, le petit magnétophone tournait. Rolf aussi se piquait au jeu.
– Voilà une bien belle histoire, mais avant vous, Titine, d'où venait-elle ?
– Je me souviens l'avoir achetée à un garagiste qui lui-même, à ses dires, l'avait obtenue d'une bonne sœur.
– Une religieuse ? avaient repris en chœur les deux Allemands.
– Oui, une religieuse, c'est à peu près tout ce qu'il nous reste comme souvenirs.
– Mais vous avez dû faire des formalités, un acte de vente ?
– Heu, non, un vague reçu sur papier libre, perdu dans tous ces déménagements… Par contre, Quentin, tu te souviens du garage ? Vous aviez l'air de vous connaître.

Le Jurassien avait acquiescé en griffonnant une adresse sur un morceau de la nappe en papier. Petites laines ou vestons, il avait fallu se réchauffer, septembre leur rappelant qu'il les poussait vers la porte de l'hiver. Ces quatre-là, en fin de repas, étaient devenus tout simplement les meilleurs amis du monde, avec pour trait d'union une Titine sous un ciel étoilé.

Demain, ils passeraient par Salins. À l'hôtel du "Port", Rolf avait rédigé quelques notes ; pour Marina, aujourd'hui était déjà demain. Ils petit-déjeuneraient chez "Éric et Christine" qui, déjà, avaient installé la terrasse dans le but non avoué de grappiller quelques infos. Ce fut peine perdue, un car d'Italiens venait tout juste d'arriver.

C'est dans Titine décapotée qu'ils quittèrent Thonon pour passer de l'autre côté de la montagne. À midi, ils arrivèrent dans la ville du général Clerc, dont la statue monte la garde à l'entrée des Salines, pour savourer toujours et encore cet été qui n'en finissait pas. Ils tournèrent un bon moment avant de s'asseoir sur la terrasse de l'incontournable café du "Commerce", où Pierrot, toujours aussi empressé, venait prendre la commande. Après un cours sur les vins de pays, le journaliste et la romancière optèrent pour deux pupillins. C'est à ce moment précis que Rolf tira de sa poche l'adresse écrite de la main de Quentin.
– Monsieur Quentin Dubois m'a remis cette adresse, pourriez-vous me donner quelques précisions ?
– Vous avez dit Quentin ? Vous connaissez ce garçon ? Le garagiste est décédé l'année dernière, son garage a été rasé pour faire place à une supérette. Mais parlez-moi de Quentin…

Pour une fois, Rolf devenait l'interviewé ; Colette s'était approchée, ponctuant chaque information d'un "Ben ça alors" avec ce délicieux accent traînant des Comtois. La dernière indication du cafetier n'arrangeait pas les affaires du journaliste qui, s'adressant à sa compagne, avait commenté amèrement :
– Là, nous sommes dans le mur, comment allons-nous retrouver une bonne sœur dont nous ne connaissons même pas le nom ?

Sur la rive gauche du Léman, l'histoire de Titine accapare

également les esprits du Salinois et de la Malouine.

– Vois-tu, Soizic, je trouve excellent le projet de ces deux Allemands. Je ne voudrais pas que leur quête d'informations se limite à notre histoire ; as-tu remarqué la déconvenue de Rolf à l'annonce de la précédente propriétaire ? Moi aussi, j'en conviens, c'est maigre… Essaie de te souvenir, un indice, même minime, pourrait être précieux à ces deux fouineurs.

Une partie de la nuit, ça l'avait empêchée de dormir, la Bretonne. Ne dit-on pas que la nuit porte conseil ? À défaut de conseil, deux détails lui étaient revenus. Triomphante, entre le pain-beurre et la biscotte-confiture, elle avait confié à Quentin :
– Tu sais, Nigaud, lorsque nous avons récupéré Titine, te souviens-tu de cette odeur de fromage, de ces plateaux inutilisables avec leurs rebords de quelques centimètres ? Notre bonne sœur devait faire les marchés en Côte-d'Or ; d'ailleurs la voiture était immatriculée en 21, peut-être que ces indications pourraient aider le journaliste. Je crois savoir qu'aujourd'hui ils sont à Salins, appelle Pierrot du Café du "Commerce", ces deux traîne-terrasses n'ont pu lui échapper.

L'affaire du garage rasé leur avait sapé le moral. Rolf suggéra une marche au fort Belin. "Excellent pour réfléchir", avait approuvé Marina. S'ils ne trouvèrent pas la pierre plate, un talus put les recevoir. À leur tour, ils contemplèrent la ville-miniature, s'émerveillèrent du paréo automnal dont s'était vêtue la roche, et tout naturellement ils retrouvèrent, une sorte de réflexe, la terrasse de Pierrot et Colette. Moins bousculé en cette fin de saison, le cafetier avait fait part de l'appel téléphonique de Quentin…

Rolf résuma à Marina :
– Trois éléments : l'ancienne propriétaire était une religieuse, elle livrait peut-être des fromages et la voiture était immatriculée en Côte-d'Or ; je crois qu'un crochet par Dijon s'impose ; au cas où cela ne marche pas, nous irons à Beaune, ce sera notre dernière tentative, après ça je laisse tomber !

C'est ainsi qu'ils se décidèrent pour les halles dijonnaises. Sans le savoir, ils firent les mêmes pas, arpentèrent les mêmes rues, celles de Marie-Reine et Denis. Le baromètre s'était arrêté sur "beau fixe" et aujourd'hui était jour de marché. La chance leur souriait-elle à nouveau ?

Les habitués des étals se méfiaient des étrangers en général et des journalistes en particulier, aussi la récolte des infos fut limitée.
– Ce dont nous sommes certains, commenta Rolf, c'est qu'une chère sœur venait ici-même livrer des fromages de chèvre ; elle venait en 2 CV de Frémois, un couvent des environs. Plus étonnant, elle était souvent vue avec un homme, livreur de fromages aussi, mais de comté.
– Mon cher Rolf, c'est excellent, tout ça, je sens du croustillant dans cette histoire.
– Ne nous emballons pas, nous n'avons rien de concret ; disons que ça se construit. Demain, nous irons à Frémois. En attendant je t'emmène chez Fred, le patron du "Tire-Bouchon", ami du livreur de comté.
Chez Rolf et Marina, jamais un mot plus haut que l'autre. Monocorde, ennuyeux, ce couple ? Certainement pas. Ces

deux-là s'accordaient à la perfection, solidaires, complémentaires, comme l'archet et le violon, la plume et le papier. Ils s'inscrivaient dans le temps, dans la durée, se fondaient dans ce qui les entourait. Soizic et Quentin faisaient déjà partie de leur monde, il y avait fort à parier que Marie-Reine et Denis les rejoindraient.

Fred avait été très méfiant, au départ. Les journaleux, qu'il qualifiait volontiers de fouilles-merde, il n'aimait pas. Heureusement, la gentillesse, chez cet homme, était une seconde nature, aussi s'était-il laissé aller à quelques confidences. Titine avait bien appartenu à Sœur Marie-Reine qui venait du couvent de Frémois. Fred avait cessé de la voir un mois avant les accords de paix. Quant à Denis Menez, il était originaire de Port-Lesney, pas très loin de Mouchard, dans le Jura. Rolf s'était contenté de prendre quelques notes, ne voulant pas effrayer son confident avec son magnétophone.
Le fil conducteur était renoué, ils décidèrent de fêter l'événement au "Bistrot des Halles". Peu à peu ils endossaient les costumes du fromager et de la religieuse.

L'accueil à Frémois fut à la hauteur de celui de monsieur Larnicol, froid et expéditif. Sœur Marie-Odile s'était montrée distante, à la limite de la politesse.
– Sœur Marie-Reine nous a quittées !
La porte entrouverte s'était aussitôt refermée.
Comment fallait-il interpréter cette phrase ? La Sœur était-elle décédée ou simplement ailleurs ?
– Avant de rentrer en Allemagne, nous passerons à Port-Lesney, avait décidé Rolf, peut-être aurons-nous plus de chance avec l'homme ?

Et c'est ainsi que Titine reprit la route du Jura. Ils s'arrêtèrent pile devant le monument aux morts "pour la France". Rolf avait fait la grimace : "Le désespoir, la haine peut-être, étaient gravés dans le marbre". Au café de la "Place", leur qualité d'étrangers n'avait fait aucun doute.
– Allemands ? avait demandé un vieux bourru.
– Hollandais, avait menti Rolf, je cherche un ami, Denis Menez.
– L'est jamais sorti de son trou, à part les halles de Dijon et Tizi Ouzou pour se ramasser une balle dans le dos, chez les fells.
– Ses parents ?
– Le père mort, la mère dingo.
– Son régiment ?
– RP 11e Choc.
– Partons, Marina, je n'aime pas l'atmosphère de ce café, avait-il chuchoté à sa compagne.
– Encore un point d'interrogation supplémentaire : mort, pas mort, le soldat de la guerre d'Algérie ?
– Marina, ces deux-là sont insaisissables, nous ne savons même pas s'ils existent encore.
– Vois-tu, mon cher Rolf, à vaincre sans péril, on triomphe sans gloire ; nous n'en serons que plus méritants si nous reconstituons cette histoire.
– La mairie, la mairie, Marina, là ils le savent forcément !

Rolf n'avait pas menti sur sa qualité de journaliste, il avait raconté l'histoire, qui devenait son histoire, à un secrétaire de mairie qui s'était montré très coopérant.
– Je connais Denis assez bien, comme tout le monde peut se connaître dans un village.

Le secrétaire était bavard, ce qui arrangeait les affaires de Rolf. L'employé de mairie poursuivait :
– Normalement, le Denis, il aurait dû servir dans les chasseurs alpins, une affectation somme toute normale pour les gars de notre région. Allez savoir pourquoi il a fait une PM…
– PM ?
– Préparation militaire, chez les paras, cinq ou six sauts avant de partir pour la Corse pour y faire ses classes avant la grande traversée.
– Et aujourd'hui ? avait questionné Marina.
– La seule certitude, il n'est pas décédé. Au village, il a une tante, un peu courbée, mais vivante. J'irai la voir ce soir, repassez demain matin.

C'est ainsi qu'ils passèrent une nuit supplémentaire… à Salins, à l'hôtel des "Deux Forts", chambre 7. Ils mirent à profit ce sursis pour une soirée "Quentin et Soizic" avec un pot au Café du "Commerce", un repas chez Gino et une interview des parents de Quentin. Rolf s'était frotté les mains, pour un peu il aurait manqué de munitions pour son magnétophone. Cela avait été une occasion pour madame Dubois d'exacerber sa rancœur contre une Soizic qualifiée d'enleveuse d'enfant.

Le secrétaire de mairie affichait un beau sourire, il était clair qu'il avait du nouveau. Il remit à Rolf quelques lettres écrites par Denis à sa tante.
– Prenez quelques notes, vous me les rapporterez cet après-midi. Sinon, à la fruitière de Poligny, vous trouverez le patron qui a fait le même parcours militaire, Denis en parle dans ses lettres. Faites un arrêt à Arbois pour une pause déjeuner, pourquoi pas ?

Philosophe, Rolf avait conclu :
— Bah, depuis une semaine que nous tournons ici, nous ne sommes plus à un jour près !
Rolf était avant tout un chien de chasse : il décida l'interview du patron de la fruitière avant midi. Marina pilotait Titine, le journaliste parcourait les lettres de Denis. D'Arbois, ils ne virent qu'un clocher imposant, émergeant des vignes. À onze heures trente, Titine stationnait devant une des fruitières de Poligny, sur une petite place qui accueillait un autre café du "Commerce", une habitude, dans ce pays soupira Rolf.
— Même pour vendre de l'alimentation, ces Français ont de beaux magasins…

Dans cette fruitière, on trouvait tout ce qui pouvait vous faire prendre quelques kilos superflus. Si les produits laitiers occupaient à eux seuls le vaste présentoir, quelques produits annexes, qu'il s'agisse de vins d'Arbois ou de saucisses de Morteau, étaient mis en valeur. Une vendeuse astiquait une vitre qui semblait déjà propre…
— Monsieur Burke, s'il vous plaît ?
— Il n'y a pas de Monsieur Burke ici.
— Si, un ancien d'Algérie…
— Alors traversez la place, c'est en face.
Les deux Allemands formulèrent la même demande à un homme derrière le comptoir de la maison concurrente. Ça l'avait franchement surpris, le fromager, de s'entendre appeler Burke par deux étrangers.
— Diable, comment pouvez-vous connaître un surnom que l'on me donnait en Algérie ? Je m'appelle en fait Max Jacquod ; je remplace momentanément une vendeuse. Je vous retrouve en face, au café du "Commerce".

Ça devenait une habitude. Très vite, le fromager les avait rejoints. Grand, un visage avenant, cet homme leur plut d'emblée. Ils ignoraient à ce moment-là qu'ils repartiraient tard le soir, et surtout qu'ils feraient un grand pas dans la vie de Denis. Après s'être présentés, Rolf et Marina firent part de leur projet. Le magnétophone avait été tiré du sac. Sur "sa" guerre d'Algérie, Max était intarissable, une histoire d'autant plus vraie qu'elle était fortement empreinte d'humilité, d'humanité. Rolf en eut l'intime conviction : plus le récit défilait, plus il était évident que, malgré la dangerosité de leurs missions, ces soldats-là étaient avant tout des soldats de la paix.
– Avec Denis, nous avions une foule de choses en commun, la région, le métier, le choix des paras… De la neige, depuis tout gamin, nous en avions par-dessus la tête, une incorporation dans les chasseurs alpins signifiait encore de la neige. Un coup de tête ? Toujours est-il que nous avons opté pour le pépin.
– Pépin ?
– Parachute. Le Denis entretenait une correspondance quasi régulière avec une bonne sœur, je dis quasi, car le courrier, en Algérie… Il la présentait comme une marraine de guerre, tiens mon œil, je pense qu'il en pinçait pour la religieuse.
Il fallut que Max explique pinçait, le traduise. Il poursuivit :
– Puis un jour, plouf, plus rien. Ça l'a miné, Denis, il avait été assez naïf pour lui écrire qu'il avait flingué, pardon, tué un fell ; la bonne sœur, ça a pas dû lui plaire. Puis les opérations succédèrent aux opérations, ça pouvait durer une nuit comme une semaine. Le manque d'eau nous terrifiait plus que les balles des fells. Tenez, un jour, le pitaine nous avait mis en garde sur un cadavre qui flottait en amont, vous savez quoi ? L'eau de la rivière, nous en avons tous bu…

Marina et Rolf s'apparentaient à ce moment-là à deux étudiants écoutant un prof d'histoire. Max était particulièrement doué pour captiver son auditoire, même réduit à deux personnes.
– Un jour, j'étais serre-file, pour vous situer, c'est la "voiture-balai" d'une patrouille ; le Denis, il s'était égaré. Parti à sa recherche, la nuit m'a surpris, et le hasard a voulu que je retrouve mon pays. Nous avons passé la nuit avec des fellouzes tout autour de nous. Le lendemain, les collègues sont venus nous récupérer. J'ai eu droit à une engueulade bien sentie de mon capitaine, à la trouille de ma vie et aux confidences de l'amateur de religieuse.

L'ancien para se prenait vraiment au jeu, il ne s'était même pas dérangé lorsque sa vendeuse, qui faisait des moulinets avec ses bras, l'invita à venir répondre au téléphone.
– Des sauts, nous en avons fait pendant nos classes, cinq cents mètres, pas plus ; là, les missions, c'était surtout du crapahut, souvent de nuit. C'est pendant une de ces opérations qu'il se l'est ramassée, la fichue balle perdue en plein dos. Il a été installé sur une civière de fortune, nous avons attendu les secours qui avaient du mal à progresser sur ce terrain rocailleux, avec des risques d'embuscade ; trop long, trop lent, trop tard. Nous avons appris par la suite que Denis ne remarcherait jamais. Son père s'est suicidé. Quant à sa mère, elle a sombré dans la folie. Denis, aujourd'hui, est aux bons soins d'un colonel, à l'époque des faits capitaine, qui commandait notre centaine ; j'étais alors chef de stick.

Il avait fallu expliquer au journaliste ce qu'était une centaine, un stick. Pour ce coup-là, Marina s'était montrée entêtée, bien

qu'elle ne fût pas têtue. La récurrente question lui brûlait les lèvres :
– Denis, il est où ?
– À Salins.
– À Salins ?
– Le colonel Arbez a été interpellé par le cas de ce jeune appelé, il l'a pratiquement adopté. Denis, touché à la colonne vertébrale, entretient plus sa pathologie qu'il ne la soigne, conscient qu'il passera le reste de ses jours en fauteuil roulant. Le colon est secondé par l'unité médicale et, pour le reste, Arbez et son épouse font de leur mieux.

La petite vendeuse était revenue à la charge. Elle ne manquait ni d'humour, ni de charme. Délaissant son comptoir, elle avait pris franchement Max par la main pour l'entraîner à la boutique.
– Patron, trois fois que monsieur Monnod appelle, je ne sais plus quoi inventer…
Le patron de la fruitière s'était excusé auprès de ses invités, avait griffonné à la hâte un numéro de téléphone sur un papier, en recommandant de le tenir au courant de l'évolution du projet. Une fois de plus, le journaliste avait poussé la porte de l'hôtel des "Deux Forts". Madame Dubois, qui ne manquait pas de conversation, s'était contentée, à la vue du couple, d'un :
– Vous ?
– Nous ! avaient répliqué malicieusement Rolf et Marina. Et si possible à la 7. Cela devrait être la dernière nuit, mais avec nous il faut toujours se méfier.

Colette et Pierrot n'avaient même pas été surpris lorsque ces deux-là prirent leur petit déjeuner. Colette, en confiance, se

montrait sous un jour plus familier.
– Dites, les touristes, des chambres, nous en avons, alors pourquoi loger chez ces pisse-froid des "Deux Forts" ?
– Vous expliquerez "pisse-froid" ; pour répondre à votre question, qui semble avoir un lien direct avec votre tiroir-caisse, c'est une question d'ambiance, nous avons besoin de vivre les faits et gestes de nos personnages, je pense que vous pouvez comprendre cela.
Cela avait été dit sur un ton qui n'attendait pas la réplique. Domptée, Colette s'était réfugiée derrière sa caisse.

Pour une petite ville, les thermes étaient vraiment importants, à en juger par le ballet des ambulances et autres véhicules sanitaires. Il en descendait des fauteuils roulants, des éclopés appareillés, jeunes ou vieux, les premiers des accidentés, les seconds avec des pathologies liées à l'âge. Un monde de souffrance, dont le trait d'union était la maladie. Denis ne faisait partie ni des uns ni des autres. Il cherchait un visage connu puisqu'on l'avait demandé. Ces quelques minutes parurent une éternité jusqu'à l'apparition de ce jeune-vieux, calé dans son fauteuil. Rolf s'approcha, Marina observait, silencieuse. Le journaliste était impressionné par ce presque mort. Il pensa très vite qu'il exerçait un drôle de métier. De quel droit rouvrait-il les blessures, ravivait-il les douleurs ? Il chuchota presque :
– Denis, je viens de la part de Burke. Avec ma compagne, nous écrivons une histoire, votre histoire. Parler de votre souffrance vous aiderait peut-être à mieux la supporter.
– Vous êtes qui au juste ? Curé ? Psy ? Ne vous fatiguez pas, ma vie est foutue.
– Je suis journaliste et Marina écrit l'histoire de Titine.

– Titine ? Comment connaissez-vous Titine ?
– Venez, nous allons vous la montrer.
Marina pilota délicatement le fauteuil jusqu'à Titine, stationnée devant l'établissement thermal. Il avait prononcé son nom du bout des lèvres, l'avait effleurée du bout des doigts.
– Titine, mon Dieu, comment cela est-il possible ?
Trois, quatre, cinq ans en arrière, Denis ne savait plus. Le temps de la souffrance ne se mesurait pas de la même façon. Sûr qu'à ce moment-là il pensait à Marie-Reine, la lueur qui illuminait ses yeux, comme la larme qui suivit, n'avaient pas trompé Marina.

– Denis, parlez-nous de Marie-Reine.
– Titine, avec des plaques allemandes, pourquoi ?
– Je l'ai récupérée, moribonde, à Paris, elle était vouée à la casse. Chacun de nous écrit une page de son histoire. Nous avons la fin du récit, mais pas son début. Aidez-nous, je vous prie.
– Racontez d'abord, avait répondu Denis, méfiant.
Rolf avait parlé longuement de son métier, de ses reportages, alors qu'il était correspondant de guerre pour son journal ; lui aussi avait connu la souffrance, la douleur, la peur. Marina avait apporté une touche de gaieté en exprimant ses passions. Puis était venue l'histoire de Quentin et Soizic… La sincérité, non feinte, des deux Allemands, mit en confiance le Jurassien.
– Je suis fatigué, revenez demain, je vais vous aider.
Demain, ils avaient hâte d'y être ; Marina s'était laissé aller à une finesse de leur langue d'adoption :
– Mon cher Rolf, peut-être allons-nous lever le voile de la religieuse ?
En dépit d'un léger crachin qui n'avait rien de breton, ils

s'offrirent une marche au fort Saint-André ; ensuite ils transcriraient ce qu'ils avaient enregistré pendant la journée, il fallait libérer les bobines d'enregistrement. Demain serait un grand jour.

Rasé et ponctuel, Denis attendait ses visiteurs dans le grand hall ; un pâle sourire éclairait son visage en guise de bienvenue. Rolf, cachant son émotion, toucha la main du handicapé.
– Au fond, vous avez déjà fouiné à Dijon. Que pourrais-je vous apprendre de plus ? Sur le marché, sans jeu de mots, nous n'étions pas en odeur de sainteté. Nous avions à notre actif un esclandre qui aurait pu mal tourner. Tenez, ce qui m'arrive, je me demande si ce ne serait pas une vengeance du Barbu : Malheur à qui trouble l'ordre divin ! Il est vrai que Marie-Reine se posait beaucoup de questions, j'ai mis une sacrée pagaille dans cette jolie tête, je n'en tire aucune vanité. La Sœur, elle s'ennuyait dur à Frémois, je l'aurais bien vue dans l'humanitaire, là était sa véritable dimension.
Il était clair que Denis éprouvait un certain plaisir dans ses confidences. Il continua :
– Avant l'envoi de ma lettre stupide où je confessais avoir tué un homme, c'était pas si mal, du moins quelques mois avant mon départ. Je tenais à Reine. Chez elle c'était plus nuancé, tiraillée entre Dieu et le sentiment qu'elle éprouvait pour moi.

Dans sa gorge nouée, les paroles sont hésitantes, néanmoins Denis poursuit :
– À l'époque, cela aurait pu être jouable, en tous les cas, moi j'y croyais. Aujourd'hui j'ai tout perdu : Reine, mes parents ; le père est mort, la mère ne me reconnaît plus ; la santé, mon métier ; pour moi, la vie s'est arrêtée à l'instant où cette fichue

balle a touché ma colonne. Que puis-je espérer maintenant ? Je voyage du réfectoire à la bibliothèque, de la bibliothèque à la chambre. Quelques fois, le colonel m'emmène chez lui en week-end, un chalet pas loin du Mont Poupey. Voilà, terminus, mon avenir est là. Même le colonel, je lui en veux un peu… Suis-je injuste ? Peut-être, mais sans ces va-t-en guerre je serais à ma fruitière et, qui sait, avec Reine. Pour en revenir à ma chère Sœur, elle parlait souvent de sa mère adoptive qui tenait un magasin de bondieuseries à Dijon, quasiment au pied de la cathédrale Saint-Bénigne. Les confidences ne seraient pas complètes si je ne vous mettais pas en garde : Sœur Marie-Reine a de la personnalité, un caractère bien trempé, tout en étant cependant très réservée.

Après cet entretien, non sans avoir demandé le sens de bondieuseries, ils s'étaient dit au revoir. Denis avait caressé Titine, tous les quatre s'étaient promis de se revoir. Le cercle des amis de la 2 CV s'agrandissait…

Une sale dépression allait en décider autrement. Denis allait s'abîmer dans un océan de solitude.

Arrivés à l'hôtel, un message priait Rolf de se mettre en communication avec sa rédaction. Dans les prochains jours, Willy Brandt, que la presse à scandale satirisait en "Weinbrandt", allait devenir chancelier fédéral d'Allemagne de l'Ouest ; il fallait préparer la couverture de l'événement, le 21 octobre serait vite là. Titine retrouva ses quartiers d'hiver, on évitait de la sortir pendant les mois en "bre".

Entre reportages et écritures, Rolf et Marina rendirent quelques visites à Soizic et Quentin, il y avait du mariage dans l'air… à moins que ? Ces escapades savoyardes allaient très vite devenir une habitude, l'amitié entre ces quatre-là s'installait pour de bon. Dans sa grange, Titine grelottait.

1970, une année qui allait marquer les esprits saints et ceux qui ne l'étaient pas. Rolf et Marina se trouveraient au cœur de la tourmente, dans l'œil du cyclone dont l'origine avait été l'annonce du mariage entre la Bretonne et le Jurassien à leurs parents respectifs. Le seul point d'accord des deux, pas tant que ça, belles-familles, avait été leur… désaccord, surtout du côté des mères qui prenaient un soin particulier à tremper leurs plumes dans le curare avant d'entreprendre toute correspondance. Quentin et Soizic avaient voulu un geste fort en désignant la romancière et le journaliste en qualité de témoins.
– Vois-tu, Soizic, puisque nos deux familles sont bornées, remettons ce mariage à plus tard, cela n'empêchera pas notre enfant de naître.
Pour arroser ce non-événement, chez Quentin tout était prétexte, ils invitèrent les deux Allemands dans leur petit restaurant du port de "Rives". Rolf et Marina découvrirent le plaisir fortement alcoolisé de la grôle et le mal de tête qui allait avec. Rechargé par un Éric malicieux, l'objet biturographique fit plusieurs fois le tour de la table. À ce stade, la rue du Port parut une paroi rocheuse ; quant à l'escalier qui conduisait à l'appartement-terrasse, ils s'étonnèrent qu'il comportât des marches de un mètre de haut. Deux chaises longues accueillirent le couple, ils s'y affalèrent. Soizic avait renoncé à les réveiller, se contentant de jeter sur les deux imbibés une paire de couvertures. La douceur exceptionnelle de cette fin février autorisait une nuit à la belle étoile.

– Avec ce qu'ils ont d'antigel, ils ne risquent rien, ces deux Allemands ; et puis, "c'est du solide", avait plaisanté Quentin. Pour toute réponse, Soizic s'était contentée d'un haussement d'épaules.

– Dis, Marina, pourrais-tu m'expliquer pourquoi les coqs allemands font kikiriki, alors que leurs semblables français nous réveillent par un cocorico ?
– Au lieu de raconter des bêtises, prépare-toi, les sommets nous attendent !
– N'allez pas me dire que vous avez l'intention de skier ce matin ? interrogea Quentin.
– C'était prévu, dont acte, tranchèrent les rescapés de la grôle.
C'est ainsi que le petit groupe d'amis partit pour le col de Bassachaux. Rolf, à l'image de (presque tous) ses compatriotes, était discipliné. La seule entorse qu'il s'autorisait, en raison de son expérience, était le ski hors-piste. Ce jour-là il n'aurait pas dû, le redoux, exceptionnel à cette saison, allait provoquer l'avalanche qui l'engloutit.

Cette année-là, après une série d'examens approfondis, la sclérose en plaques du Père Étienne était clairement identifiée. Le professeur Strichler s'était adressé à l'évêque :
– Monseigneur, cette histoire n'a que trop duré, même dans sa forme lente, cette maladie est grave. Son propre frère, le docteur Prâlon, souhaite voir votre curé à Dijon…

L'idée n'était pas nouvelle. Dès l'apparition des premiers symptômes, certaines indiscrétions de l'Évêché étaient parvenues à Bligny. Le Père Étienne s'était farouchement opposé à ce qu'on l'arrachât de sa paroisse. Ses fidèles avaient répliqué par une véritable fronde, une chouannerie des temps modernes. Ce qui avait été peut-être justifié il y a huit ans ne l'était plus aujourd'hui, les paroissiens, voyant leur curé se traîner, s'étaient rendus à l'évidence : l'état de santé du Père Étienne nécessitait des soins.

– Voyez-vous, Professeur, nos ouailles vont plus volontiers à la mer ou à la montagne qu'à la messe. Autres temps, autres mœurs… avait soupiré le prélat. Ce qui était vrai il y a une huitaine d'années l'est encore plus aujourd'hui ; j'avais à l'époque adopté une solution intermédiaire, nommer un curé suppléant à Veuvey-sur-Ouche afin d'alléger la tâche du Père Étienne.

L'évêque ignorait l'existence même de Marie-Reine : on ne pouvait exiger d'un général qu'il connaisse chacun de ses hommes. Contrairement à la religieuse, ce curé n'avait jamais été en proie au moindre doute envers Dieu. À l'image de son engagement dans la résistance, sa foi était entière, tardive certes, mais sans la moindre faille. Pour cette raison, le Père Étienne était apprécié en haut lieu.

– Une tête de pioche, mais un excellent curé, martelait l'évêque.

– Monseigneur, trouvez une solution, il y va de la vie de votre protégé.

Finement, l'évêque joua sur une corde sensible du religieux, son amour des livres. Il était allé jusqu'à se déplacer en personne pour rencontrer le curé.

– Votre vallée est belle, mais il se trouve que notre bibliothèque a besoin d'un responsable érudit, méthodique, zélé, comme vous l'êtes. Nous avons besoin de vous.

Pour toute réponse à cette couche de pommade, le Père

Étienne avait eu un sourire fatigué.

Après le départ de son ami, l'instit avait demandé et obtenu une mutation à Dijon dans le quartier des Valendons jusqu'à sa mise en retraite.

La Croix-Rouge, après de brillants stages, consacra Marie-Reine dans sa fonction d'infirmière. En 1970, elle intégra le personnel religieux de la clinique des Rotondes.

– Tu veux qu'j'te dise, Jules, tous des magouilleurs, canailles et compagnie, les politicards ! On devrait tous les pendre, c'est eux qui font les cons, c'est nous qu'on paye !
Rolf et Marina admiraient ce superbe échantillon d'humanité, un Dédé alcoolisé à l'excès, revisitant, à sa manière très personnelle, la classe politique de notre beau pays.
– Tous des bandits, j'te dis ! Tiens, un exemple, moi j'suis d'la cambrousse, eh bien dans mon bled, vois-tu, sont maires de père en fils ! Une arnaque !

Rolf, à qui n'échappait aucune subtilité de notre langue, avait souri ; il se revoyait un certain Mai 68 dans ce bistrot banlieusard qui l'avait relié à Titine. Ce temps-là se comptait déjà en mois, où le voile de mystère qui entourait la 2 CV se levait peu à peu. Une fois de plus ils jouaient de malchance, Simone était partie chez une parente pour quelques jours. Devant le désarroi des deux Allemands qui avaient trouvé la boutique fermée, le portier du "Chapeau Rouge" leur avait suggéré une rencontre avec le mari. C'est au quatrième bar qu'ils avaient trouvé Dédé la Picole, tout à fait conforme à la description de l'employé de l'hôtel.

Le départ de Reine avait ébranlé le brave homme : plus de déguisements, et il était passé de l'alcool gai à l'alcool triste. Pourquoi Reine n'était-elle jamais venue les voir ? D'accord, il y avait eu le couvent et une Marie-Odile inflexible sur les sorties ; ensuite Denis, avec le quart d'heure volé qui aurait pu, aurait dû être consacré à une visite rue Michelet, du moins une fois de temps à autre. Ah, ingrate jeunesse ! Simone s'enfonçait lentement dans la dépression, Dédé, toujours plus dans la boisson, jugeant son épouse en partie responsable du départ

de Reine. Un même mal les rongeait tous les deux, douze années d'un bonheur sans partage qui s'étaient évanouies un certain soir de juillet, lorsque Titine avait pris la rue Condorcet, sans jamais revenir. Dédé avait eu un mauvais pressentiment…
– Quand les poules auront des dents, nous la reverrons !
Les poules n'eurent pas de dents, du moins dans l'immédiat.

"Quelle histoire !", avait soupiré Rolf. Une année n'avait pas été de trop pour rafistoler ce grand gaillard au chevet duquel d'habiles chirurgiens s'étaient relayés pour remettre en ordre une poignée d'osselets, qu'ils fussent tarsiens ou carpiens. Les membres inférieurs, qui logiquement souffraient d'un complexe d'infériorité, avaient tout autant dérouillé que les membres dits supérieurs. La convalescence de Rolf permettrait au moins d'avancer dans les recherches avec une Marina aux commandes de Titine, ravie de sa promotion de chauffeur. Tout ce chemin depuis la Forêt-Noire pour se retrouver devant cet homme à la dérive… Dans les cas délicats, Marina prenait la parole :
– Monsieur Renaudin ?
– C'est quoi le problème ?
– Reine, nous venons voir Reine.
– Vous lui voulez quoi à ma Petite Reine ?
– Connaître son histoire pour l'écrire. Venez, marchons un peu, cela vous fera le plus grand bien.
Rolf et Marina finirent par se présenter. Ça l'avait dégrisé, le Dédé, ce retour dans le passé. Le trio arriva à la hauteur de Titine.
– C'est quoi ce bordel ? Titine avec des plaques boches !
– Allemandes, monsieur Renaudin, la guerre est finie depuis bientôt trente ans…

Pour mettre en confiance l'homme meurtri, ils avaient raconté encore et encore ce qu'ils savaient de Titine. Ils l'invitèrent au restaurant de "La Porte Guillaume". Une fois de plus, la magie de la gastronomie opérait : Dédé lorgnait sur la bouteille de grands-échézeaux servie par un sommelier tout aussi moustachu que le renommé directeur de cette table bourguignonne.

– Vous récupérez vite, monsieur Renaudin ! Nous vous avons tout dit, à vous, si vous le voulez bien.
Sur fond de chagrin, la Picole avait relaté par le menu, nous étions dans un restaurant, l'histoire de douze années-bonheur, puis avait vidé un sac de souffrances et de déconvenues. Rolf, pour ne pas effaroucher Dédé, n'avait pas utilisé son magnétophone, se promettant de reconstituer le récit le soir même dans leur somptueuse suite à l'hôtel du Nord. En attendant le retour de Simone, les complices d'écriture avaient arpenté sans relâche la rue de la Liberté dont ils connaissaient la plupart des enseignes. Un mark fort avait justifié une débauche d'achats de la part de Marina. Plus pragmatique, Rolf s'interrogeait sur la capacité de Titine à recevoir toutes ces emplettes qui venaient s'ajouter à quelques cartons de côte de beaune. Ils revisitèrent le quartier des antiquaires, retournèrent sur le marché, et s'émerveillèrent encore du Palais des Ducs, prirent des pots au "Moulin à Vent" et aux "Grands Ducs". Ils se firent expliquer la place du Bareuzai et finirent par se fondre dans le décor dijonnais.

Simone, plus effacée, plus fade, avait réintégré sa boutique. Lorsque le journaliste et la romancière se présentèrent, ils y trouvèrent une femme dont l'agressivité tranchait singulièrement sur la solennité du lieu.

– Ah, Reine ! Parlons-en, je rentre justement de chez la Beaudin, celle-là non plus, je n'avais plus de nouvelles ! Les chiens font pas des chats !
– Beaudin ? Qui est Beaudin, madame ?
– Sa mère, pardi ! Près de vingt ans qu'elle m'a envoyé la gamine avec la tête toute retournée. Un mandat le premier lundi du mois, comme pour une marchandise achetée à tempérament, c'est tout. Moi et le Dédé, on l'a rafistolée comme on a pu, même qu'on s'y était attachés, à cette petiote que l'on considérait comme notre propre fille…
L'entrée du facteur vint interrompre cette confession. Rolf et Marina échangèrent un regard, se demandant l'un comme l'autre quelle stratégie adopter afin que Simone aille plus loin dans ses confidences. Alors que le préposé des postes sortait, Dédé entra.
– Ah, j'étais sûr que je vous trouverais là à cuisiner ma pauvre Simone. Pour résumer, en prenant le voile, Reine a mis les voiles ! Allons, finissons-en, je vous donne un dernier tuyau et nous tournons la page. Madame Lucie Beaudin, vous la trouverez à Nuits-Saint-Georges, route de Dijon.
En se rapprochant, les Renaudin avaient imploré, presque à l'unisson :
– Si vous voyez Reine, dites-lui que notre porte est toujours ouverte.
Un courant d'air fit hocher la tête d'un ange articulé ; le couple allemand sortit, soulagé.
– Rolf ! Titine !
– Quoi, Titine ?
– Elle n'est plus là !
– Cette histoire commence à me fatiguer. Marina, allons à la police, nous rentrerons par le train.

Entre l'attente et la déposition, l'après-midi au commissariat de la place Suquet ne fut pas de trop. Un jeune inspecteur à l'accent chantant les consola en leur affirmant qu'une 2 CV avec des plaques allemandes et un sigle antinucléaire, ça ne passait pas inaperçu.

Le retour en train pour l'Allemagne fut des plus tristes… Reverraient-ils un jour Titine ? Rolf fit le deuil de ses millésimes, quant à la garde-robe de Marina, mieux valait ne plus y penser.

Jojo avait décapoté, le buste dressé dans le bleu azur. Il hurlait :
– Le Sud ! Le Sud !
– Déconne pas, Jojo, déjà pas malin de faucher une bagnole avec des plaques étrangères, continue comme ça, on va se faire gauler !

Les deux voyous étaient très jeunes, trop jeunes pour conduire avec le permis ; Pierrot semblait le plus malin, donc le chef de ce binôme délinquant ; c'est lui qui avait décidé d'emprunter cette nationale 86, plus discrète que la N7 chère à Charles Trenet. Soudain il était en alerte.
– Une nana qui fait du stop, on la prend !
La fille n'était guère plus âgée qu'eux, une étrangère. Ils l'embarquèrent.
Jojo commença à lui caresser les seins, la fille se rebiffa ; il ouvrit la portière, se saisit de son sac et la poussa. Heureusement, la voiture roulait au ralenti ; la fille roula sur le bas-côté. Jojo fit les comptes…
– Trente mille balles, annonça-t-il en anciens francs. La faute à mon père qui n'a jamais pu se faire aux nouveaux.

Un bois les accueillera pour la nuit, Titine cachée dans un fourré. Au chant d'un coq à l'accent du midi, ils reprendront la route. Titine a soif, il faut faire le plein. Pierrot, le malin, baragouine dans une langue censée être de l'allemand ou du hollandais, histoire de justifier auprès du pompiste la qualité d'étrangère de Titine. Il fait illusion. À midi le clocher de l'église-forteresse des Saintes-Marie était en vue. Ils s'arrêtèrent en bord de mer. Les plages, à cette saison, étaient désertes ; ils décidèrent, en dépit d'un frisquet mistral, de piquer une tête.

Jojo apostropha son copain des mauvais coups :
– Vise un peu, Pierrot, là-bas, un gyrophare !
Les deux comparses trouvèrent une planque illusoire derrière l'unique blockhaus de la plage.

Meyer, de Sélestat, aimait sa nouvelle affectation, et ses collègues le lui rendaient bien. Converti à la boule marseillaise et au pastis, ce gros gendarme joufflu faisait partie du paysage camarguais. La consigne de son chef avait été des plus claires :
– Si tu n'emmerdes pas les gars du coin, tout se passera bien.
L'avertissement était sans équivoque.

Alors Meyer ferma définitivement les yeux sur les petites infractions, comme les stationnements en double file de ces livreurs qui alimentaient les nombreux restaurants du bord de mer. Il avait fait l'impasse aussi sur les véhicules en mauvais état, rongés par le sel ou avec des pneus usés jusqu'à la corde. Cela avait été le prix à payer pour sa tranquillité, ses collègues, amateurs d'abbrivados, ne s'en plaindraient pas.

Pierrot et Jojo jouaient de malchance… C'est en retournant vers Titine qu'ils virent deux gendarmes inspecter la voiture. Ça avait suffi pour faire détaler les deux gamins qui se dirigèrent vers les marais. Mais bien malin qui peut se cacher dans un endroit où la végétation vous arrive à la cheville.
– Jojo ! Là-bas, une roulotte de l'autre côté du fossé.
Ils franchirent sans mal la roubine et se mirent à l'abri dans la verdine abandonnée d'où ils furent tirés sans ménagement. Toujours aussi mariole, Pierrot se mit à parler dans un faux allemand.
– Té, l'Alsaco, des clients pour toi !

Les questionnant dans la langue de Goethe, Meyer ne mit pas longtemps à confondre les usurpateurs. Les deux malfaiteurs et Titine furent emmenés à la brigade. Ensuite tout alla très vite. C'est Marina qui prit le message de la gendarmerie. Il ne restait plus qu'à récupérer Titine seulement délestée de quelques bouteilles de bourgogne. Cette vie-là avait été celle d'un éphémère, guère plus.

L'interview de Lucie Baudin fut à la hauteur des retrouvailles avec Titine : capital et déterminant pour la suite du roman de Marina.
La mère de Reine s'abandonna à d'intimes confidences.

Inattendu et cocasse, il était, Martin, casqué, botté dans sa carapace vert-de-gris, parmi les vignerons de Vosne-Romanée. Depuis Nuits, il s'y rendait à bicyclette, quel que soit le temps. Ces Bourguignons n'avaient pas mis longtemps à comprendre que Martin était un des leurs, un homme de la vigne qui, adroitement, manipulait le sécateur, taillait comme un professionnel, qui aidait, participait pour le simple plaisir d'être là où il y avait du bel ouvrage à faire.
Pendant ses années d'occupation, il s'était fait, sinon des amis, au moins de bonnes relations dans le monde viticole. Il expliquait par gestes ses vendanges à lui dans la petite exploitation familiale sur les coteaux du Rhin, ses Weinstrasse, tout un mode de vie que les Nuitons partageaient. La renommée de brave type dont il jouissait lui valut certainement la vie sauve. Dans les maquis environnants, tout se savait, et personne ne se serait avisé de tirer sur Martin Ritter.
Lucie se souvient maintenant de la débâcle de 40, les fuyards en charrettes attelées, de landaus, de tout ce qui pouvait rouler… quant au reste, c'est-à-dire les femmes enceintes, les vieillards et les trop jeunes enfants, il était entassé pêle-mêle sur un indicible amas d'objets. Elle, Lucie, la traînée, n'avait pas eu ce régime de faveur, à pied comme les hommes, en dépit d'une grossesse avancée. Les maris la prenaient un peu en pitié pendant que les épouses distillaient leur venin sur cette moins que rien, même pas capable de trouver un mari, entourée pourtant de journaliers qui sautaient sur n'importe quoi, n'importe qui.

Cette créature possédait quelques biens, assez pour attiser la jalousie de ces furies.

Le convoi de la honte n'était pas allé bien loin, la horde teutonne motorisée les rattrapa à Volnay. Alors il fallut bien se résoudre à faire demi-tour, retrouver la maison, la misère, avec en plus l'humiliation, l'occupant qui allait se nourrir sur un maigre butin. Reine n'avait pas choisi, mais c'est en 1940 qu'elle arriva dans la maison maudite du 9 de la route de Dijon. L'Obergefreite Ritter avait entendu les plaintes, puis les cris ; il avait poussé la porte et posé un regard profondément humain, le premier depuis bien des mois, sur cette femme qui avait vécu de la haine des autres. Alerté, un autre Allemand, médecin celui-là, avait accouché Lucie, livrant Reine dans un monde de barbarie.

Entre ses vignes et ses protégées, le Rhénan essayait d'assurer au mieux son service. Un supérieur le lui avait rappelé vertement, un soldat était avant tout un guerrier. Mais lui, de toutes ces remontrances, il n'en avait cure et s'arrangeait au mieux afin que Lucie et Reine de manquassent de rien. Les vipères du proche voisinage remarquèrent vite le manège, ce qui décupla leur rancœur envers la pauvre femme. Les séances de lessive au lavoir municipal furent une torture pour Lucie. Si seulement Martin avait pu cueillir les mots de français aussi vite que le raisin… Pour cet ouvrier agricole, notre langue était compliquée, et la moisson des mots s'en ressentait : "Bonchour, merzi, la Kerre grosse malheur" allait constituer pour longtemps l'essentiel de son vocabulaire.

Fort heureusement, ses yeux, d'un bleu intense, parlaient pour lui. Cet homme était bon, c'était palpable. Il passa, fait rarissime, toute l'occupation à Nuits. Le nazi moustachu harcela

tellement le monde que le monde finit par lui tomber dessus. La débâcle était dans l'autre sens, avec des drapeaux français et américains qui maintenant fleurissaient les fenêtres…
Flonflons, danses et lampions tricolores animaient les places. Les vrais maquisards, comme les faux de la dernière heure, voire de la dernière minute, défilaient. Bref, une foule heureuse, sauf peut-être Lucie qui pleurait sur le sort de Martin, qui, au risque de se prendre une balle perdue, était venu lui dire au revoir ou adieu.

Le petit magnétophone tournait, Marina et Rolf éprouvaient une sincère émotion. La main de Lucie tremblait un peu ; elle poursuivit cependant :
– Sans Martin, je me demande comment nous aurions vécu, l'après-guerre a été pire, j'ai été une des premières femmes tondues à Nuits, trimballée, montrée, comme une chose honteuse, à travers la ville. Même Reine a eu ses boucles coupées. J'ai pensé au suicide, mais il y avait la petite, et peut-être le manque de courage.
Elle s'arrêta, une larme roula sur sa joue. Marina intervint :
– Arrêtons là, si vous voulez, nous reprendrons plus tard.
– Non, autant en finir, parlez dans votre livre de la bassesse des hommes, de leur lâcheté, au moins que cela serve ! Ce jour-là, je m'en souviendrai toute ma vie, je jouais avec Reine qui devenait une adorable petite fille, nos boules à zéro n'étaient plus qu'un mauvais souvenir, la haine s'estompait peu à peu, les années-misère s'éloignaient, la vie toute simple reprenait son cours au rythme du Meuzin. Ce coup frappé à la porte, je l'aurais reconnu entre mille, Martin ! Un Martin amaigri, triste comme un jour d'hiver sans fin, qui parvint à se faire comprendre : "Ganze Familie Kaputt, ma famille maintenant ici".

Nous nous étreignîmes longuement et, après avoir mis Reine au lit, pour la première fois nous fîmes l'amour. L'intensité de nos détresses en avait été le moteur, le motif. Il finit par me faire comprendre qu'il s'était fait embaucher à Vosne, où il avait été très bien accueilli. L'Allemagne était un champ de ruines, de morts, et il avait fallu la folie d'un homme, d'un seul qui en avait entraîné d'autres pour en arriver là. Cette année-là, précisément, j'ai pris deux grandes décisions : vivre avec Martin, au diable ma renommée, et envoyer Reine chez une proche cousine à Dijon pour la mettre à l'abri et surtout qu'elle fasse de sérieuses études. Ma fille n'était pas si éloignée, et à cette époque-là, Simone m'en donnait régulièrement des nouvelles.

Lucie prit une pause et devint grave :
– Ritter avait un rire d'Allemand !
– Un rire d'Allemand ? C'est quoi un rire d'Allemand ?
– Un gros rire qui envahissait tout ce qui l'entourait. Beaucoup d'hommes sont des forts en gueule, lui était un fort en rire… Jusqu'au jour où il est mort écrasé par un enjambeur. La petite église de Vosne n'était pas assez grande pour accueillir les fidèles et ses amis qui vinrent l'accompagner pour ce dernier voyage…
Sur la cheminée, une photo noir et blanc sommeillait dans un cadre orné de crêpe noir, un large sourire à cette saleté de vie qui ne l'avait pas épargné. Marina avait pris la main de Lucie. Rolf se raclait la gorge, seul le bourdonnement du magnétophone était audible.
– La petite, vous vous doutez bien qu'elle n'était pas du Saint-Esprit, quoique ça n'en était pas si loin. Son père a été un résistant de haut rang. Contrairement à Martin, avec qui je

partageais la passion des chevaux, Étienne les avait pris en grippe, les décrivant comme des bêtes fourbes dont il fallait toujours se méfier. Ma grossesse, il n'en a jamais rien su, il venait d'un milieu aisé et puis il avait la France à sauver ! Il a certainement mal vécu notre séparation ; si l'on ajoute les dysfonctionnements, les désaccords au sein des réseaux de résistants, tout cela avait suffi pour qu'il se fasse curé : monsieur Prâlon est devenu le Père Étienne. Originaire de Bligny-sur-Ouche, peut-être y vit-il encore aujourd'hui.
– Et Reine ? questionna Marina.
– Reine ne sait pas, vous lui expliquerez mieux que moi, je n'ai plus les mots. J'ai trop souffert. Reine est à l'abri, cela me suffit.

Lorsqu'ils quittèrent le 9, le chaud soleil d'automne avait habillé le mur d'en face d'un bel ocre. À l'hôtel de la "Grappe d'Or", le propriétaire avait eu la riche idée d'aménager une terrasse qui donnait sur les vignes. L'endroit était tout à fait indiqué pour les confidences, les roucoulements, et le couple opta pour les deux à la fois. Un fixin s'offrit à eux dans sa robe pourpre.
– Tu vois, Marina, je suis devenu un peu comme les Français, anti-tout, nucléaire, guerres. Il faut éradiquer ces saloperies qui nous pourrissent la vie, les Staline, Hitler, Napoléon, ces marchands de souffrances, au rebut !!!
– Pour ce soir, n'y pensons plus, nous venons de vivre un grand moment, notre projet avance…

Titine, à peine remise de son escapade méditerranéenne, se reposait dans une grange, à côté des machines agricoles ; le couple, plus méfiant, l'enfermait à présent.

"Ah, monsieur Henry Darcy, non seulement vous avez donné aux Dijonnais une eau d'une grande pureté, mais vous l'avez fait avec élégance, le bassin avec sa coquille de pierre nous enchante depuis notre enfance et fait la joie de milliers de touristes".

C'est à cela qu'ils pensent peut-être, ces deux presque vieux, savourant les délices de cet automne aux couleurs de l'été. Malgré la vigilance des municipaux, quelques poubelles éventrées, quelques cannettes oubliées, parfois cassées, alimentent pour l'instant leur conversation. L'un d'eux, à la forte calvitie, porte un costume usé, élimé par le temps, l'âge.
– Vous voyez, curé, quand on voit tout ça, il y a de quoi regretter.
– Regretter quoi ? lui répond le Père Étienne qui porte encore beau, en dépit de sa maladie.
– De s'être battu pour pas grand-chose. La démocratie n'est pas pour les imbéciles, ils ne savent pas s'en servir, regardez autour de vous ce qu'ils font des libertés gagnées après d'âpres combats…
– Un peu réducteur comme constat, l'instit.
– Non, vous verrez, un jour ils mettront le feu partout, rien n'arrête la folie des hommes.
– Au fait, nous n'avons jamais abordé le sujet, au début de la guerre, vous étiez où, l'instit ?
– Je faisais partie des jeunesses communistes, à l'époque j'y croyais, après le krach de 29. J'ai pensé que le capitalisme, le libéralisme économique avaient atteint leur limite, ce sont des affameurs de peuples. Vous verrez, un jour les banques seront brûlées.
– Anarchiste ?

– Non, rien. Même les communistes sont corrompus par l'argent, ce qui n'empêche pas les atrocités du système, regardez l'URSS, maintenant nous sommes informés. Pour en revenir à votre question, quelques sabotages sans se faire prendre au début de l'occupation, puis le STO à conditionner des pièces de Messerschmitt. Quand je pense que les sympathisants communistes ont été libérés par des Américains…

La conversation fut interrompue par une pétarade de mobylette dont le pilote, à la vue de la soutane, avait imité le cri du corbeau !
– Le religieux que je suis ne doit pas se laisser gagner par la haine, mais au fond, à bien réfléchir, vous n'avez pas tort ; j'ai dirigé un réseau de résistants dans le canton de Nuits. J'ai failli plusieurs fois y laisser ma peau, même entre nous il y avait des conflits. Dieu que l'homme est stupide, cupide !
– Bah, finalement nous n'étions pas si mal dans notre vallée…
– Certes, à condition de faire abstraction du reste. La campagne, à l'opposé de la ville, a su préserver certaines valeurs morales, un certain sens du devoir.
Le curé, dans son fauteuil roulant, semblait réfléchir.
– Ah, au fait, l'autre jour j'ai eu une drôle de visite dans notre maison de curés, un couple d'Allemands venu me faire une étrange proposition : participer à l'écriture de la vie de Titine à travers ses différents propriétaires ; si j'acceptais, ils pourraient me faire certaines révélations.
– Curé, méfiez-vous des journalistes, ces fouineurs pourraient vous faire du mal.

Sur ce constat, l'instit avait ramené le Père Étienne à la maison de retraite du Grand Séminaire, boulevard Voltaire à Dijon.

Plus ils avançaient dans cette enquête, plus la situation de Rolf et Marina devenait délicate, ils marchaient sur des œufs. Le journaliste et la romancière étaient en désaccord quant à la méthode à employer afin d'interviewer le Père Étienne. Rolf n'avait pas la délicatesse de Marina, il aurait dû la laisser faire.
– Mon Père, votre histoire nous intéresse, nous allons jouer franc jeu avec vous.
– Dites toujours, mon fils.
– Nous avons parlé avec Lucie.
Le Père avait pâli, ses mains tremblaient. Marina désapprouvait.
– Dieu, comment avez-vous pu savoir ?
– Savoir fait partie de notre métier. À tout moment, vous pouvez arrêter.
La curiosité avait fini par l'emporter. Si seulement il avait pu savoir… Rolf reprit son opération de rentre-dedans.
– Vous avez une fille, mon Père, elle se prénomme Reine. Je vous ai apporté quelques notes la concernant, prenez-en connaissance, nous repasserons la semaine prochaine.

Ce curé, qui, à une certaine époque, avait résisté aux tortures des soldats de la Gestapo, affaibli par sa maladie, avait craqué. Rolf, et surtout Marina, ressentaient une grande honte. Le journaliste s'était confié à sa compagne.
– Parfois, je hais mon métier.
– Cela ne justifie pas ton comportement de brute, avait répondu Marina.
L'instituteur, alors qu'il poussait son religieux malade, rue Jeannin, avait été plus catégorique.
– Bientôt trente ans après le débarquement, et ils nous emmerdent encore !

Les jours, et surtout les nuits du Père Étienne furent moins paisibles. Le manuscrit remis par les deux Allemands était sans équivoque, il s'agissait bien de Reine. Comment allaient-ils vivre tous les deux cette nouvelle relation ? Rolf et Marina promirent de l'aider, c'était la moindre des choses. Sa réponse fut d'abord une question :
– Depuis combien de temps travaillez-vous sur ce dossier ?
– Environ cinq ans, avait répondu Rolf.
– Alors il nous faut terminer votre ouvrage, mes enfants.

Ils craignaient ne plus revoir le Père Étienne : la brutalité de ces révélations ne ferait qu'accélérer les méfaits de la maladie qui, jusque-là, avait évolué lentement.
– Se donner toute cette peine pour faire souffrir un vieil homme, avait conclu Marina.

Il est vrai que Rolf et Marina avaient, à leur tour, écumé cette vallée. À Bligny-sur-Ouche, le garagiste avait reconnu Titine et il s'était chargé de colporter la nouvelle : "Titine est revenue avec des plaques de Frisés !" Pour le journaliste, obtenir l'adresse de la maison de retraite de prêtres avait été une tâche aisée.

La flottille de bateaux de pêche amarrés à couple était dans l'attente d'une hypothétique campagne en mer du Nord. C'était de là qu'il était, justement, Gerhard Schmitt. Les bateaux, c'était son truc, sa passion ; son bureau, ses rayons en étaient couverts. De ses larges mains, il mettait en place de minuscules treuils, ajustait des filets lilliputiens : un passionné de modélisme maritime. Il avait répondu machinalement "Entrez" sans plus que ça prêter attention à Rolf, planté devant son armada bonzaï prête à appareiller pour la grande pêche. Le journaliste se racla la gorge, toussota, histoire de montrer qu'il était là. Il regarda son directeur avec insistance.
– Eh bien, Rolf, qu'avez-vous à me fixer comme ça ?
– Vous me rappelez quelqu'un.
– De bien, j'ose espérer…
– En tout point, je me souviens maintenant, Martin Ritter, d'après la description de Lucie.
– Ah, votre projet avec Marina ; Titine, je crois ?

Sans l'avouer, c'était même un peu pour cela qu'il était là à contempler chalutiers et seineurs. Pour la première fois de sa vie professionnelle, Rolf avait ressenti les tourments du remords. Tout aussi inédit dans ce couple sans histoires, un sérieux bémol qui allait pendant de longs mois assombrir leur relation. Parfois, la reconquête n'est-elle pas plus difficile que la conquête elle-même ? À quels bas instincts avait-il répondu en agissant de la sorte envers le Père Étienne ? Martin Ritter, qui s'était invité, malgré lui, dans son reportage, n'était-il pas infiniment plus humain, meilleur que lui, le journaliste donneur de leçons ? En français, il avait confessé à Marina :
– Au fond, je ne suis qu'un gros con.
Marina avait froidement répondu :

– Je le pense aussi.
– Que voulez-vous, Rolf ? avait questionné Gerhard Schmitt.
– Vous cherchez toujours un volontaire pour couvrir les événements du Cambodge ?
– Pourquoi ce choix, Rolf ? Vous ne serez donc jamais fatigué de montrer les plaies de notre vieux monde ? J'avais prévu pour vous un reportage moins risqué, la couverture du procès de la bande à Baader. Pourquoi renouer avec vos anciens démons ? Marina est-elle au courant ?
– J'aime ce journalisme-là, celui qui dénonce les atrocités des guerres, secoue les dictatures, il est plus noble, plus courageux. Fouiller dans la vie des gens ne me réussit pas, laissez-moi partir, monsieur le Directeur.

Rolf allait être comblé au-delà de ses désirs. 1975 : Phnom Penh agonisait. Dans la capitale assiégée par les Khmers rouges, les roquettes tombaient au hasard sur la population. Le Mékong était maintenant barré par des câbles truffés de mines flottantes, un véritable blocus. Chaque semaine, environ 250 roquettes de fabrication chinoise arrosaient la ville cambodgienne, un harcèlement meurtrier sans objectif précis. La survie remplaçait peu à peu la vie, les fusées tombaient en pleine ville, sur le marché, par exemple, où le passage d'un camion avait mis Rolf à l'abri ; autour de lui, une dizaine de morts jonchaient le sol parmi les étals éventrés.

Marina n'avait pas le cœur à écrire : tout cela, par le fait, était de sa faute. N'avait-elle pas été trop dure avec son compagnon ? Elle le savait, Rolf était dans une phase expiatoire. C'était tout lui, ça, l'autoflagellation pour se punir de son acte. À Thonon, au volant de sa Titine, elle ira chercher un peu de réconfort

auprès de Soizic et Quentin, une Soizic dont le ventre s'arrondissait. Marina s'informa : "Fille ou garçon ?"
– Un drôle ou une drôlesse ? Je ne sais pas et ne veux surtout pas savoir.

Clin d'œil du destin, c'est Anne Sirdey qui sera sa remplaçante. Un Schlupp radieux fit une entrée remarquée. Il avait épaissi, tout en restant bel homme ; la grossesse de Soizic le ravissait, il endossait avec une joie non feinte son costume de futur papa.

Gisèle, si vous écoutiez ses collègues, était une grande bringue ; pour d'autres, avec sa mâchoire carrée, une belle pouliche. Mais de l'avis de tous, un beau brin de brune très sympa et franche. Ses coups de gueule, même avec les médecins, étaient connus dans cette clinique de la rue de la Préfecture. Pour l'instant, elle rouspétait, lâchait des soupirs en poussant son chariot : la faire bosser un soir de réveillon ! C'était le prix à payer pour assumer son célibat. Les guirlandes, le sapin habillé en carnaval, les mioches qui pleurent car ils doivent se contenter d'observer les paquets enrubannés au pied du Nordmann, ce n'était pas fait pour elle. Logiquement, pour cette fête, la priorité avait été donnée aux mamans. Elle s'imaginait en Mère Noël, distribuant ses gélules multicolores ; d'ailleurs, pour cette nuit exceptionnelle, elle s'était affublée de l'indispensable bonnet rouge à pompon blanc.

Ce soir, à la prise de son service, elle était inquiète pour la 12. Le toubib, un jeune, avait eu un pronostic très réservé quant à l'occupant de cette chambre qui était, selon ses propres termes, au bout du rouleau. Septua ou octo ? Bref, un - génaire quelque chose, pour ne pas dire un géronte. Pourtant, à son arrivée, il était encore bien dru, l'ancien, venu là pour une bricole, un vilain bouton dans le dos. Il était obnubilé par la croupe généreuse de Gisèle, et, à une main baladeuse, elle avait répondu avec la sienne, témoins les cinq doigts dont il avait gardé la trace sur la figure pendant une paire d'heures. Cette gifle magistrale, le Gaston ne l'emporterait pas au paradis. Elle s'était pourtant attachée à ce vieux, dont l'état déclinait de jour en jour, elle le prenait en pitié. Ce soir, il respirait avec difficulté, il ahanait comme un vieux chien essoufflé, tout en fixant la large échancrure, volontaire ou non ? de la blouse de

l'aide-soignante. Gisèle se pencha, lui caressa le front… Les yeux du vieux s'engouffrèrent dans la brèche accueillante ; ce serait sa dernière vision du monde : un râle, la tête bascule sur le côté. Gaston venait de franchir le Styx, ce fleuve mythologique qui sépare le royaume des vivants de celui des morts. Gisèle, d'un revers de la main, essuya une larme et murmura, en guise d'adieu : "Joyeux Noël, Gaston, c'est tout ce que j'ai pu t'offrir".
– Eh bien Gigi ? Ça ne va pas ?
– Le Gaston, il est parti. Un peu sexo le vieux, mais je l'aimais bien ; quelle solitude, personne ne le voyait de son vivant, pas une visite, alors tu parles, une fois mort…

Gisèle, les morts, même au bout d'une trentaine d'années de métier, jamais elle n'avait pu s'y faire. Sœur Marie-Reine la regardait tendrement ; avec Sœur "Endive", elles formaient un trio d'amies unies, plus pour le pire que le meilleur. Leur métier voulait ça. La Nuitonne se souvenait… quatre, cinq, six ans à œuvrer dans cette clinique… Elle se confiait volontiers à Gisèle.
– Dans ma tête, il y a quelque chose qui cloche. J'ai voulu être bonne sœur, j'y suis parvenue. J'ai voulu soigner, je suis devenue infirmière, et pourtant je suis insatisfaite…
– Tu n'as pas été spécialement gâtée à tes débuts.

Il est vrai que l'intégration de la jeune religieuse n'avait pas été des plus faciles. Dans la continuité de Frémois, elle découvrait un monde hiérarchisé et son contraire, la loi de la jungle, où il fallait jouer des coudes pour se faire respecter. Les coups bas étaient monnaie courante… Quant au clivage des Sœurs et du personnel non religieux… Un médecin, dont elle avait refusé les avances, la harcelait à un tel point qu'elle avait demandé à faire la nuit. La prière ne suffisait plus pour l'apaiser... À la boutique de la rue Michelet, il était clair, même si maintenant elle s'y rendait régulièrement, qu'il y avait eu une cassure. Les Renaudin, aujourd'hui à la retraite, vivaient de petites habitudes, les yeux rivés sur la télé, à la merci des journaux télévisés et des séries. Dédé ne buvait plus, son médecin, sans détour, lui avait mis le marché en main : la bibine ou le cercueil ; il sirotait désormais de l'eau citronnée.

Chez Rolf et Marina aussi il y avait eu une cassure, celle du dérapage du journaliste avec le Père Étienne. Le départ en Asie n'avait pas arrangé les choses : en limite de rupture, les Allemands rafistolaient leur couple. De retour du Cambodge, Rolf avait décidé de laisser enquêter la romancière. Monsieur Schmitt qui voulut, à sa manière, essayer de réconcilier le couple, confia au journaliste un reportage sur l'association Bourgogne-Rhénanie à l'occasion des Fêtes de la Vigne ; nous étions fin août.
– Sur notre échiquier, il nous manque une pièce maîtresse, Rolf.
– Je sais, la Reine, la seule, d'ailleurs.
L'hôtel du "Nord" les avait à nouveau accueillis, les hôteliers aux belles bacchantes savaient recevoir.
– Que risquons-nous, cinq minutes à peine et à pied, allons voir les Renaudin !
Le store était baissé avec un bel écriteau "À vendre". Ce fut au tour de Marina de lâcher un soupir.
– Nous n'y parviendrons jamais, Rolf, c'est l'impasse totale, rentrons à l'hôtel.
Titine était stationnée devant le Caveau, une chance ! Un

caniche arrosait copieusement la roue avant droite du véhicule ; au bout de la laisse, un vieux pas rasé.
– Monsieur Renaudin ! avait crié, hurlé la romancière.
L'homme avait sursauté, le caniche aboyé, Dédé venait tout juste d'identifier Titine. Après les banalités d'usage, ils avaient vite abordé le cas de Reine. La Picole, ça se voyait, parler de la religieuse, ça le gênait un peu. Au fil des ans, la tendance s'était inversée : il craignait Simone, d'ailleurs il ne lui parlerait même pas de la rencontre impromptue.

– Sœur Marie-Reine, des gens vous attendent dans le hall. Ce couple, là-bas, à côté du monsieur qui porte un plâtre.
C'est à cette minute précise que s'acheva le tour des propriétaires de Titine. Le plus difficile restait à venir. Avoir les pièces du puzzle était une chose, les assembler en était une autre. Le tact, la sensibilité de Marina seraient mis à l'épreuve.

Ces deux adultes bien sages, Marie-Reine ne les connaissait ni d'Ève ni d'Adam, ce qui, pour une sœur, était somme toute normal. Que pouvait-on lui vouloir ? Rolf et Marina s'étaient déjà levés, la religieuse était conforme à la description qu'en avaient fait les différents protagonistes de la deuxième vie de Titine.
– Sœur Marie-Reine ?
– Bonjour, en quoi puis-je vous être utile ?
– Nous aurions besoin de vous parler. Pas ici, dans un endroit plus tranquille.
– Pourquoi tant de mystère ?
– Nous écrivons l'histoire de Titine.
La religieuse avait pâli.
– Ah, ma Titine, soupira-t-elle.

– Je suis romancière et mon compagnon journaliste au "Bild am Sonntag".
– Vers la chapelle, il y a un banc, venez, nous serons au calme.
– Comme au "Tire-Bouchon" ?
– Comment pouvez-vous savoir ?
– Nous sommes les actuels propriétaires de Titine. Avant nous il y a eu Quentin et Soizic, avant vous, le Père Étienne ; il ne manquait plus que vous !
– À l'époque de Titine, mon histoire avait l'empreinte du doute, mais j'ai l'impression que vous en savez plus que moi.

Marina prit les deux mains de la religieuse. Rolf se tenait à l'écart. Dans la tête de Marie-Reine, les pensées étaient passées du trot au galop. Que pouvait donc savoir cette femme ? Ce déballage l'attirait et l'effrayait, ce fut la curiosité qui l'emporta.
– Allons-nous jouer aux devinettes ? questionna la Sœur.
– Non, Marie-Reine, nous n'avons pas l'intention de jouer avec vous, vous avez assez souffert comme ça.
Une question cependant la démangeait, elle rosit un peu ; Marina lui tenait toujours les mains.
– Et pour Denis, vous savez ?
– Nous savons, mais il y a autre chose encore. Au cours de nos enquêtes nous avons retrouvé…
– Parlez, je vous en conjure !
– Nous avons retrouvé votre père !
L'été n'avait pas dit son dernier mot, il faisait encore chaud. La religieuse s'était mise à pleurer, secouée par des spasmes entrecoupés de "Mon Dieu !" À présent, Marina l'avait prise par l'épaule.

À l'étage, Gisèle observait l'étrange trio, elle devinait son amie

en difficulté. Une fois de plus, les deux Allemands avaient laissé la carte de l'hôtel avec leurs coordonnées, au cas où Marie-Reine souhaiterait poursuivre. Gisèle, dans le bureau des infirmières, l'attendait.
– Eh bien, Marie-Reine ? Tu sembles bouleversée.
– Mon père.
– Malade ? Décédé ?
– Non, pas mort, mais ressuscité ! avait-elle crié, entre pleurs et rires !

Sur la place du marché, Rolf et Marina, grâce à Titine et au cabot pisseur, savouraient leur nouveau bonheur. Ils la tenaient, leur histoire ! Ce soir-là, la brouille de ces derniers mois serait définitivement oubliée. Sur le toit de l'"Avé 2000", un Éros leur décocha un trait… d'union. L'heure était à la joie, à l'amour. Ils avaient bu, ils avaient ri… Rolf, Allemand, donc musicien, avait donné un royal billet à un gratteur de guitare qui jouait faux, en le priant de s'éloigner. Les canards, il aimait, mais seulement laqués ou à l'orange.
Ils titubaient un peu lorsqu'ils arrivèrent vers Titine. Ils l'embrassèrent. La clé avait grandi et le trou de la serrure se refusait à la recevoir ! Leurs rires alertèrent le veilleur de nuit qui se fit un devoir de les accompagner à leur chambre, la bonne cette fois-ci. Ils en furent certains, cette nuit-là, la République fédérale d'Allemagne allait, dans neuf mois, accueillir un nouveau citoyen.

À la clinique des Rotondes, entre deux chariots à pousser, Gisèle et Marie-Reine vidaient une bouteille de pommard, ultime cadeau de Gaston. Elles avaient longuement parlé, parmi les voyants lumineux qui servaient de ponctuation.

Marie-Reine n'avait pas prié, elle n'avait pas la tête à ça. Dieu sait, et encore, il n'en était pas sûr, où pouvaient être les pensées de la religieuse.

Angoissée, énervée, Marie-Reine arriva un bon quart d'heure en avance à son rendez-vous. Un homme l'observait et il n'en fallut pas plus pour qu'elle ressente un sentiment de malaise. Gilbert, il ne fallait pas longtemps pour le cataloguer, était un serial dragueur, avec tous les accessoires qui allaient avec. Une mise impeccable, un sourire pour publicité de dentifrice où l'on distinguait deux rangées de dents à faire pâlir le clavier d'un Baldwin, une paire d'yeux bleu outre-mer avec au-dessus le crin noir gominé coiffé à la Valentino. La gourmette en or complétait cette gravure de mode. Pas gêné pour un sou, le pin-up boy conservait dans son portefeuille une photo d'une sage épouse entourée de deux chérubins arrivés depuis peu chez ce bel étalon reproducteur. À propos de ses conquêtes, il avait adopté, adapté le dicton populaire "Qu'importe le flacon, pourvu qu'on ait l'ivresse", c'est-à-dire qu'il ne rechignait pas à se taper un laideron, selon ses propres termes. Bref, le parfait écumeur du beau sexe.

Dans le petit salon de l'hôtel du "Nord", Gilbert était à l'affût, il guettait sa proie, l'évaluait. Un mets de choix, ce joli brin de fille, peut-être un peu ringarde, avec ce chignon qui dénotait sur le reste de sa tenue décontractée : un pull à même la peau et un jean ; elle semblait flotter dans ses vêtements. Le prédateur passa à l'attaque.
– Gilbert, des Kosmetics Hambourg GmbH, avec un K. C'est allemand, donc sérieux. Et vous ?
Marie-Reine s'autorisa un pieux mensonge :
– Je suis dans la recherche.
– De passage ? Que cherchez-vous ?
Aguerrie par deux années de stage en hôpital, elle toisa l'homme et lui porta l'estocade verbale :

– Mon travail consiste à arracher des yeux, les mettre dans un flacon pour les observer. Même chose pour la langue, coupée en petits dés, prélevés de préférence sur des sujets vivants. Vous me semblez un cas intéressant.
Arriva le couple d'Allemands ; Rolf s'adressa directement à l'homme :
– Encore vous ? Vous me rappelez une chanson de Brel : "beau et con à la fois" !
– Vous le connaissez ? demanda Marie-Reine.
– Depuis peu, depuis trop, depuis deux jours, monsieur Gilbert des Kosmetics Hambourg GmbH fait la cour à Marina, ma Sœur.
– Ah, vous êtes venu en famille… avait insisté l'abruti.
– Maintenant laissez-nous, monsieur.
Gilbert, vexé, fit ce qu'il avait de mieux à faire, partir.

– Vous êtes une jolie femme, complimenta Marina.
– Gisèle a eu la gentillesse de me prêter ces vêtements, c'est plus discret.
Ils s'étaient confortablement installés dans ce petit salon décoré avec recherche : ici, le goût n'était pas que dans l'assiette. Il fallut faire vite, Marie-Reine reprenait son service à vingt heures. Avec application, Marina avait défendu son projet de roman, raconté le couple Quentin-Soizic, leur propre histoire…
– Dans vos propos sur les personnages, il y a beaucoup d'amour, de tendresse…
– Assez pour m'identifier à eux, c'est là le lot de la romancière.
– Si vous me parliez de mon père, c'est pour cela que je suis venue…
– Ce n'est pas à nous de le faire, c'est par votre mère que nous

avons su, c'est donc elle qui vous en parlera.
Marie-Reine avait pris un air buté, Marina poursuivait :
– Votre mère a été une victime tout au long de son existence, cela ne l'a pas empêchée d'assurer vos études ; les mandats du lundi, c'était elle. Il est indispensable que vous la rencontriez, Marie-Reine, faites un effort…

De retour à la clinique, elle s'était confiée à Gisèle.
– Heureusement que je travaille de nuit, de toute façon je n'aurais pas fermé l'œil.

Même si cette histoire remontait à deux ou trois ans, le toubib évincé avait la rancune tenace. Dissimulé dans le local à poubelles, il espionnait les moindres faits et gestes de la religieuse. Sa mauvaise conduite fut illogiquement récompensée. Par une porte de service, Marie-Reine, vêtue de son jean et de son pull, se dirigeait vers la rue Jean-Jacques Rousseau. Fort heureusement pour Marie-Reine, les impératifs du service renvoyèrent le curieux à ses consultations. Il se promit à l'avenir d'observer de plus près les agissements de cette religieuse.

L'infirmière éprouva une vive émotion en s'installant dans Titine. Nous étions au seuil de l'automne. Rolf avait opté pour la route des Grands Crus. La vigne offrait son délire de couleurs, à chaque virage un enchantement, dont ne put profiter la religieuse car son cœur se serrait à l'approche de la Côte de Nuits. Il fallut bien y arriver, à ce 9 de la route de Dijon.

Une femme à la soixantaine fatiguée accueillit le trio sans émotion particulière, ce qui choqua la jeune femme. Elle les fit entrer dans une petite pièce qui avait dû être autrefois une chambre, aujourd'hui transformée en salon. "Mes jambes, s'excusa-t-elle, je ne vais plus à l'étage".

"Ainsi cette vieille avant l'âge est ma mère", pensa Marie-Reine.
Lucie poursuivait :
– Il n'y a pas si longtemps, cette maison s'appelait "Le terrier de la collabo". Une fille-mère, en 40, était considérée comme une putain. Ton père avait fort à faire avec son réseau de résistants. Quant à moi, je voulais vivre en femme libre, j'en ai payé le prix fort…

Quelques passages de camions ébranlèrent le vieil immeuble, une diversion bienvenue dans cette atmosphère pesante. Ici, ça puait le malheur. Chacun devait penser la même chose, fuir cet antre pour retrouver la sérénité du dehors. La Sœur se posait des questions, pourrait-elle un jour appeler cette femme "maman" ? Lucie, à présent, monologuait entre confidence et somnolence :
– Dans ce monde de chaos, de brutes, une seule personne m'avait tendu la main, un occupant qui s'appelait Martin Ritter ; il est devenu un ami. Sans lui, je me demande comment nous aurions survécu. Après la guerre, il est revenu, nous avons décidé de vivre ensemble. C'est à ce moment-là que je t'ai confiée à Simone. Je ne voulais pas que tu subisses la honte d'une mère qui t'avait conçue avec un résistant, alors qu'elle s'était éprise d'un soldat de la Wehrmacht. Il est mort, écrasé par un enjambeur, on n'a jamais su s'il s'agissait d'un accident ou d'une vengeance.
– Et mon père, dans tout ça ?

– Il a très mal vécu notre séparation ; il a été un grand maquisard avant d'entrer dans les ordres. Après son ordination, il a été nommé à Bligny-sur-Ouche d'où il était originaire.

Marie-Reine avait pâli, Rolf et Marina se sentaient de plus en plus mal à l'aise. La romancière se disait que son livre allait naître dans la douleur. Marie-Reine ne savait quelle attitude adopter, elle opta pour le vouvoiement.
– Vous êtes en train de me dire que le Père Étienne est mon père !
– Oui, répondit pitoyablement Lucie.
– À chaque jour une surprise ! s'était écriée Reine à l'adresse des Allemands.
– Non, la boucle est bouclée. Demain, nous verrons votre père, ensuite nous repartirons en Allemagne…

Rolf et l'instit n'étaient pas de trop pour installer le Père Étienne dans son fauteuil. Il fallait à présent ménager cet infirme, la maladie n'évoluant pas forcément dans le sens que l'on aurait souhaité. La veille, ils avaient mis l'instit dans la confidence, afin de préparer au mieux la rencontre entre le père et la fille.

La Sœur avait vécu cette matinée avec une certaine fièvre, se refusant à déjeuner : rien ne passait, la gorge était nouée ; et s'il n'y avait pas ce point persistant au niveau du plexus… Déjà son entrevue nuitonne l'avait littéralement vidée. Elle sentait confusément que tous ces nouveaux éléments allaient changer sa vie. Elle avait avoué sa peur à Gisèle, peur de ce grand chambardement, mais son attirance aussi. Arrivée à ce stade, elle voulait tout savoir…

C'est au sous-sol que s'était produit le drame. Marie-Reine avait une information pour le responsable des kinés à propos d'un patient ; le médecin guetteur, revenant du service de radiologie, s'était trouvé soudainement face à l'infirmière.
– Alors, après le pape en baskets, la bonne sœur en jean ?
La réaction fut immédiate et violente. Elle molesta, bouscula le médecin sur un chariot qui acheva sa course dans un mur. Il y eut, hélas, des témoins.
La religieuse arriva devant l'entrée du lycée Hippolyte Fontaine dans un état d'agitation extrême. Marina l'attendait.
– Finalement, le jean et le pull vous allaient mieux…
– Je vous en prie, Marina, je suis à cran. Je vais certainement être virée de la clinique.
Entre-temps, elles s'étaient mises en marche vers un point de rencontre qui se situait à mi-chemin sur le boulevard Voltaire.

Elle avait relaté son histoire avec le toubib-voyeur, ça avait beaucoup amusé Marina. Au loin avançait un fauteuil roulant, l'image de l'occupant se faisait plus précise. Marina ne put retenir la Sœur qui se mit à courir pour se précipiter sur le fauteuil roulant qui avait failli basculer.

Le petit groupe de personnes s'était immobilisé. Marie-Reine était à présent agenouillée, face à son père dont elle avait pris les mains. Priaient-ils ? Pleuraient-ils ? Nul n'aurait su le dire tant l'émotion était forte.
– Mon père ? Mon père ? Comment cela est-il possible ?
– Une histoire aussi vieille que la création, ma fille.
Les passants les regardaient, tous les cinq, avec un mélange de curiosité et de compassion.
– Une mère hier, un père aujourd'hui, grâce soit rendue à Dieu !
– Il a été aidé par ces deux Allemands…

Il fallait maintenant que ces deux-là s'apprivoisent, s'accoutument à leur nouvelle relation. Marie-Reine promit de venir chaque après-midi. À ce moment-là elle aurait été capable de promettre n'importe quoi.
La nuit ne fut pas assez longue pour expliquer cette mémorable journée à Gisèle ; quant à Rolf et Marina, ils étaient heureux d'avoir provoqué une si belle histoire. Dans un sommeil réparateur, le Père Étienne savourait sans partage cette renaissance.

– Ah, au fait, Marie-Reine, tu es convoquée demain chez la Mère supérieure.

– Si, si, tu vas y arriver… tu prends une casserole assez large.
– Et pourquoi ?
– Pour que les œufs ne se touchent pas. Tu les casses un à un dans la tasse, puis tu les verses dans l'eau vinaigrée.
– Non, non, Marina ! Ralentis-moi ce feu, fré-mis-sante l'eau, pas en ébullition.
Une envie d'œufs en meurette, contractée au restaurant de la "Porte Guillaume", avait amené la romancière et le journaliste dans la cuisine de Quentin. Écœurée par les odeurs, Soizic n'y mettait plus les pieds. Rolf coupait une tranche de lard en petits dés. Quentin s'était improvisé prof de cuisine, ce qui, au fond, n'était qu'une suite logique à sa formation et à son métier à l'école hôtelière. Il devenait urgent, au retour de Dijon, de décompresser et le trop-plein d'émotions avait conduit les deux Allemands chez leurs nouveaux amis.
– Quentin, c'est bon, puis-je verser le passe-tout-grain ?
La veille, au restaurant d'Éric et Christine, il y avait eu un défilé des meilleurs crus savoyards. L'été jouait les prolongations au port de Rives. Dès leur service terminé, les restaurateurs s'étaient invités à la table des deux couples. Rolf et Marina avaient alors raconté leur incroyable odyssée bourguignonne, et surtout ce qu'ils y avaient appris. Jamais un auditoire n'avait été aussi attentif ; à l'image du crépy, les paroles étaient bues, avec toutefois moins de conséquences néfastes pour leurs têtes. L'apremont et la mondeuse s'en chargeraient.
– Et ton livre ? avait questionné Soizic.
– Pour le printemps à venir. Pour l'instant, repos ; demain, Quentin nous initie à la préparation des œufs en meurette.

Ah, les petits déjeuners préparés par Quentin, c'était quelque chose ! Décidément, ces Français ne pensaient qu'à manger, ce qui n'avait pas empêché le longiligne et sa compagne de se goinfrer. Les ventres pleins de ses invités avec leurs mines réjouies, c'était ça son truc, à Quentin ; le culte de la table.

Quentin, très docte, commenta à ses marmitons d'un jour :
– En fait, nous aurions pu pocher les œufs directement dans le vin rouge et utiliser le vin pour la préparation de la sauce meurette, mais les œufs tenus au chaud, je ne suis pas pour, ils ne seront jamais aussi moelleux que s'ils sont préparés au dernier moment.
Soizic avait disposé la table sur la large terrasse qui domine le Léman. En contrebas, des cris, des miaulements : un chat aux côtes saillantes disputait un reste de charogne à une mouette qui ne voulait pas lâcher le morceau. Ce raffut alerta la Bretonne qui réprima un haut-le-cœur. Attablés autour de la réalisation commune, ces quatre-là étaient visiblement heureux.
– Sans toi, Quentin, ce plat aurait été une infâme bouillie.
– À chacun son job, Marina, la bonne cuisine d'une part, les belles-lettres de l'autre.
– Je me demande si nous n'aurions pas dû laisser ces gens tranquilles… Avant notre enquête, ils vivaient paisiblement.
– Sans ces recherches, nous ne serions pas en train de savourer votre cuisine, commenta Soizic.
– De toute façon, maintenant, au point où nous en sommes, le retour en arrière est impossible, nous n'avons même plus le choix.

Par obligation, la Mère supérieure avait revêtu son habit de peau de vache, c'est dire qu'elle attendait Marie-Reine de pied ferme. Virée ? Pas virée ? Après l'histoire du médecin, elle ne présageait rien de bon quant à son devenir à la clinique.
– Entrez, Sœur Marie-Reine. Auriez-vous perdu tout sens de l'humilité ? Ne baissez-vous donc jamais les yeux ?
– Ma Mère…
– Par contre, vous levez le poing ! Sœur Marie-Odile me l'a confié, vous êtes coutumière du fait !
– Une fois, ma Mère.
– Avec le docteur Jabert, cela fait deux, deux de trop !
– Il m'a offensée.
– À tel point qu'en dehors des heures de service, vous vous affichez en tenue de ville !
– Je suis prête à assumer mes actes.

La Mère supérieure allait mettre de l'édulcorant dans ses propos, l'orage de la colère était passé.
– Vous êtes cependant une bonne, non, pas une bonne, une excellente infirmière. Expliquez-moi vos frasques vestimentaires.
– J'ai été rattrapée par mon enfance, ma Mère.
– Et cela justifie un esclandre et un médecin fracassé sur un chariot ?
– C'est une vieille histoire qui remonte à mon arrivée à la clinique.
– Il menace de porter plainte, je suis obligée de prendre une sanction.
– Faites, ma Mère. Voulez-vous ma démission ?
– Non, j'ai trop besoin de vous. Une cure d'une quinzaine de jours à Frémois vous sera salutaire, il serait bon que vous

retissiez des liens avec les fondamentaux de notre religion.

Marie-Reine retrouva sans plaisir le couvent de Frémois où, pourtant, Sœur Marie-Odile l'avait bien accueillie, avec toutefois un soupçon d'ironie.
– Bienvenue chez vous, Sœur rebelle, j'ai eu vent de vos exploits, pas de quoi fouetter un médecin !

Marie-Reine avait souri. Elle retrouva sa cellule, sans les corvées ; les prières et la méditation seraient ses seules occupations. La basse-cour, toujours aussi avide de potins, mitraillait l'insoumise de questions qui embarrassaient la religieuse. Ces quinze jours allaient lui paraître une éternité. Elle s'essaya à invoquer le Tout-Puissant, mais ni le cœur, ni l'âme n'y étaient. Elle se revoyait, légère, en pull et en jean, déambulant dans les rues dijonnaises. "Mon Dieu, Marie-Reine, que t'arrive-t-il ? Et si le Malin s'était travesti en Rolf ? en Marina ? en Denis ? Au fait, celui-là, pourquoi les deux journalistes allemands n'en avaient-ils pas parlé ? De tels fouineurs savaient forcément quelque chose ; s'ils ne parlaient pas, c'est qu'il s'était passé quelque chose de grave. Et si Denis était mort ?" Puis elle revenait invariablement vers ses parents. La responsabilité de tout ce pataquès était-elle imputable à cette sale guerre ? Et il avait fallu - ironie du sort - que ce soient deux Allemands qui fassent renaître ces épisodes douloureux. Voilà, à peu près, ce qui passait en boucle dans la tête de Marie-Reine. N'y tenant plus, elle avait demandé et obtenu de mettre en ordre la pharmacie et d'initier ses consœurs aux premiers secours. Les jours passeraient plus vite.

Elle regagna avec soulagement sa clinique, dans le même état d'esprit que celui du départ, avec peut-être un peu de ferveur en moins. Crise de foi ? Elle se surprit à penser que cela reviendrait si Rolf et Marina la laissaient en paix. La gentillesse, conjuguée avec l'amitié de Gisèle et de Sœur Endive, allaient certainement l'aider. Elle reprit les visites régulières au Père Étienne, remplaçant de temps à autre l'instit qui commençait à s'essouffler. Quelques "papa" égrenèrent leurs confidences ; sans Titine, ils n'en seraient pas là.

La pauvre chère Sœur… L'hiver ne serait pas de trop pour apaiser les tourments de son âme. Les poussées de fièvre de liberté se faisaient de plus en plus rares… Presque oubliés, le pull et le jean. Le quotidien allait être un allié de Dieu, la brebis égarée regagnait le troupeau.

Le toubib dragueur n'était pas sorti indemne de cette aventure. Une enquête avait été diligentée auprès des services. Il avait lui aussi affronté l'ire de la Mère supérieure. Depuis, il mettait une attention particulière à ne plus croiser la religieuse.

Erwan, avec ses quatre kilos, arriva en terre chablaisienne, scellant ainsi le couple Soizic-Quentin pour le plus grand bonheur des parents. Monsieur Larnicol voyait en Erwan la pérennisation de la lignée bretonne ; quant à madame Dubois - le contraire aurait été étonnant - elle déplorait que son petit-fils portât un prénom étranger.

Denis, cloué dans son fauteuil, affrontait des chapelets de dépressions, se refusant tout contact avec le monde extérieur. Le colonel Arbez ne savait plus que faire face à cette détresse humaine.

Max Jacquod était partagé entre ses souvenirs et sa fruitière. Il avait tenté, sans succès, d'intégrer Denis dans l'amicale du 11ᵉ Choc. En rentrant, Rolf et Marina étaient passés à Poligny, c'était leur route. Ils en profitèrent pour demander des nouvelles de Denis à Max. Après les émotions de ces derniers jours, ils n'eurent pas le courage d'affronter une nouvelle épreuve, ils ne firent pas de détour à Salins, ils verraient au printemps. Rolf peaufinerait ses articles ; quant à Marina, elle avait assez d'éléments pour continuer son roman.

Lucie et Étienne se réfugiaient dans leur passé avec d'immenses regrets. Il aurait fallu peu de choses pour que s'accomplisse le bonheur de Marie-Reine. Ni l'un ni l'autre ne se pardonneraient d'avoir gâché trois vies, les leurs et surtout celle de leur fille.

Devant le peu d'intérêt qu'ils manifestaient maintenant envers Marie-Reine, celle-ci n'avait pas jugé utile d'informer les Renaudin des derniers événements, pensant, à juste titre, que Lucie s'en chargerait. Entre les sorties du caniche et la télé, la vie finirait bien par s'écouler dans le grand sablier du temps.

Nous étions pourtant en décembre ; un froid vif agressait les rares promeneurs du Parc de la Colombière, un vent glacial avait dépouillé les arbres de leurs dernières feuilles ; ils se tenaient debout, presque honteux de leur nudité. Marie-Reine avait dû faire appel à un Frère pour asseoir son père dans le fauteuil. Le Frère Gabriel l'avait prévenue qu'il ne faisait pas un temps à mettre un curé dehors. Marie-Reine avait alors emmitouflé le Père Étienne dans des couvertures.
– Je t'ennuie, ma fille, à vouloir toujours mettre le nez dehors.

– Le Frère Gabriel n'a peut-être pas tous les torts, mais peut-on refuser le souhait d'un père ?
– Surtout si c'est le dernier.
– Ne dis pas de bêtises, papa.
– Il ne faut pas mentir, ni à soi-même, ni aux autres.
Où voulait-il en venir ? pensa Marie-Reine. La question était tombée comme un couperet :
– Au fait, où en es-tu avec ton soldat ?
Au moment où elle s'y attendait le moins, ça l'avait cisaillée, cette question. La rougeur de ses joues n'était pas due au froid.
– À qui dois-je répondre ? Au Père ou au papa ?
– Ce n'est pas la réponse que j'attendais.
– J'ai la très désagréable impression d'être à confesse… De toute façon, dans les recherches de Rolf et Marina, Denis a été complètement occulté.
– Ah, il s'appelait Denis ; quelle place avait-il dans tes pensées ? Dans ton cœur ?
– Je me trouvais bien avec lui, j'attendais les mardis avec impatience ; Denis me distrayait, me faisait oublier les mesquineries de la communauté, c'était pour moi une sorte de récréation.
– Avez-vous accompli l'œuvre de chair ?
À cette question, le fauteuil s'était immobilisé au milieu de l'allée.
– Voyons, mon Père ! J'ai prononcé mes vœux.
Les couvertures s'étaient levées, sans doute un geste pour souligner la fatalité des choses.
– Alors, qu'avez-vous échangé tous les deux ?
– Quelques lettres, un baiser, deux peut-être.
– Un baiser est déjà un pacte, ma fille.
– Et mes vœux, qu'en fais-tu ?

Le Père Étienne avait lâché un grand soupir, comme pour ponctuer son impuissance.
— Je crois t'avoir dit à La Bussière que rien n'était irréversible en ce bas monde ; les serviteurs de Dieu sont avant tout des hommes…
— Tu cautionnes ?
— Non, je constate. Il ne m'appartient pas de juger, la décision te revient, pourvu que tu sois en adéquation avec notre Seigneur et toi-même. Je connais des curés défroqués qui sont malgré tout restés de bons chrétiens.

Sur le chemin du retour, dans un long monologue, il n'avait pas été tendre avec lui-même, l'heure était venue de vider son grand sac. Cherchait-il le pardon ?
— Il y a peu, j'ignorais que j'avais une fille. Le temps m'est compté, m'en restera-t-il assez pour te confier mes angoisses, mes craintes ?

Il n'en eut pas le temps. Le Père Étienne partit rejoindre les anges le jour de Noël. Jour de joie pour les uns, jour de deuil pour ses proches. Pour Marie-Reine, la Nativité, en cet instant, évoquait la mort.

Jamais un Père ne fut autant pleuré, vénéré ; la petite église Saint-Germain d'Auxerre ne put recevoir tout le monde et certains, malgré le froid, suivaient l'office dehors.

Titine était du voyage ; à près de trente ans, elle était devenue une vieille Dame.
— Julien, viens voir, un bijou !
— Arrête, on est déjà assez en retard !

– Si, si, viens ! La deudeuche en bas, c'est une toute première, j'en suis sûr, 48 ou 49 !
– Déconne pas, Serge, des deudeuches, t'en as déjà une demi-douzaine.
– Quand on aime, on ne compte pas.
Ce disant, il l'entraîna.
– Tu ne vois pas que c'est un enterrement ? Allez viens !
Mais l'autre poursuivait son idée. Il joua des coudes pour se frayer un passage à travers la foule, encore quelques bousculades pour arriver à la pièce rare…
– Vise la caisse, Julien, elle est im-pec-cable. Bizarre, elle est immatriculée en Allemagne.

Les deux grands battants s'ouvrirent, le cercueil du Père Étienne apparut. Malgré le froid, curieux, fidèles, amis pour la plupart, étaient restés là, presque deux heures, à écouter la messe, diffusée par un haut-parleur nasillard. Le cœur de la vallée s'en allait, un véritable morceau de patrimoine. Une voix s'éleva, certains crurent reconnaître celle du facteur qui, depuis longtemps, ne faisait plus ses tournées.
– L'Alsacien, y s'est pas foulé, en chaire, pourtant y avait matière !

Serge griffonna son numéro de téléphone sur une feuille de carnet et la glissa par un interstice de la capote.
– Qu'est-ce que tu fous encore ! Les pneus neige, on va pas les livrer à Pâques !

Il devait être centenaire, le fossoyeur ; celui-là même qui était tombé jadis dans la fosse qu'il creusait… Tout noueux, il ressemblait à un cep de vigne. La messe, il n'y allait jamais,

mais il aurait bien voulu que ce soit le Père Étienne qui l'accompagnât dans son trou à lui. Et puis le curé, il était de la vallée, lui, pas comme l'autre avec son accent à la con ! Tout ce petit monde se dirigea vers le cimetière… Julien et Serge filaient à Pont-de-Pany.

Rolf et Marina avaient ramené la religieuse à la clinique des Rotondes. Pour la dernière fois, Titine avait vu Bligny. Où était la riante vallée des jours heureux ? Le grand Jacques chantait qu'il est dur de mourir au printemps, en hiver aussi. Le pays avait revêtu son costume de circonstance. Le Malin, en planque, n'osait même pas rire du malheur des autres.

– Marie-Reine, le 10 sous perf, à surveiller, il n'arrête pas de s'arracher son cathéter…
La grande guirlande bleue à occultation de la rue de la Préf donnait à cette chambre une allure de phare planté dans une mer de désespoir… Le 10, c'était clair qu'il voulait en finir, en découdre avec tous ces fils une bonne fois pour toutes. Au-dehors une cascade de rires, un couple d'amoureux savourant le bonheur de leurs vingt ans.

Reine aurait bien souhaité trouver un réconfort, elle regardait fixement le petit crucifix du bureau des infirmières. C'est Gisèle qui avait répondu.
– Allez, ma grande, dans deux heures on est couchées !

– Helmut ! On ne met pas les doigts dans le nez le jour de son anniversaire !
– Je te trouve bien irritable, Rolf, c'est un gamin, après tout.
– Marina, en Forêt-Noire, et de surcroît en famille, tu pourrais au moins parler l'allemand.
– Excuse-moi, Opa, nous venons de subir une difficile épreuve.
– Ach ! Encore votre reportage sur cette voiture ! Depuis bientôt dix ans vous ne parlez que de ça !

Rolf entraîna doucement Marina sur le balcon de ce joli chalet. De la main, ils chassèrent quelques flocons et s'assirent. Bételgeuse et Rigel leur firent des clins d'étoiles. Marina prit les mains de Rolf, son geste favori avec les personnes qu'elle aimait.
– Melchior, Balthazar et Gaspard, toujours à l'heure, ces trois-là… soupira le journaliste.
– Dis, Rolf, tu crois qu'il nous voit ?
– Si c'est au Père Étienne que tu penses, je crois que oui.

Depuis leur retour de Bligny, ils ne pensaient plus qu'à cela. Sans eux, Marie-Reine ne serait jamais passée de la joie intense de retrouver un père au profond désespoir de le perdre cinq mois après. Lucie avait été là, elle aussi, elle avait osé quelques pas en direction de sa fille qui avait reculé d'autant. L'heure n'était pas au pardon. Karl, le curé motocycliste, n'appartenait pas à la génération du Père Étienne, ni au lieu, d'ailleurs. L'Alsacien ne brilla pas spécialement en chaire, un prêche banal pour un défunt exceptionnel.

La véritable émotion vint de l'instituteur et ami de toujours. Contrairement à Karl, il ne lisait pas, il ne récitait pas, les paroles venaient directement du cœur. Cet enfant de l'Assistance s'adressa directement au Père Étienne, le seul père qu'il eût. Sœur Marie-Reine s'approcha et, à la manière de Marina, lui prit les mains. Anonymes, les deux Allemands priaient. À partir de ce jour-là, Marie-Reine ne lâcha plus l'instit qui allait, semaine après semaine, lui restituer son père.

Helmut avait eu le temps de donner un coup de pied à Ernst, son frère, de faire pleurer Ute, sa petite sœur, en lui tirant sa natte, d'engloutir un bol de Schlagsahne avec en point d'orgue une flèche décochée sur Kätzli, le siamois de la maison. Opa et Oma, qui avaient, à près de nonante ans, descendu une bouteille de Jungfrau Milch, glorifiaient le courage du grand peuple allemand qui renaissait encore plus fort de ses champs de ruines. Ça agaçait Rolf qui avait conclu :
– Die Dummheit hat keine Grenzen. ("La bêtise n'a pas de frontières")
Un coucou sortit de sa cahute pour rappeler à la petite assemblée qu'il était minuit.
– Minuit-crétins, s'aventura Rolf dans un ultime jeu de mots à la française.

Les trois mages dans leur rectangle céleste avaient basculé…

Reine poussait son chariot, Gisèle peinait à la consoler.
– Mon père ? Le coup du gâteau, on te le montre, tu salives, et au moment de l'apprécier, hop, on te le retire ! Dieu aurait pu nous accorder un peu plus de temps, lui qui compte en siècles…

Serge et Denise

Serge avait la passion des chevaux, qu'ils fussent mécaniques ou de chair et de (pur) sang. Il avait établi une bonne fois pour toutes un lien étroit entre ces deux modes de locomotion, hippo ou automobile ; c'était du pareil au même, leurs gaz d'échappement, leurs pétarades… Sa passion des équidés, à sabots ou à bielles, l'avait définitivement éloigné de tout ce qui était extérieur au plateau… de Langres.

Des vacances, ils n'en avaient jamais eu, Serge et Denise. Ils étaient bien là où ils étaient, dans ce pays langrois habillé d'un presque éternel hiver. Non loin du lac de la Lièz, on pouvait apercevoir, en arrivant de la ville de Diderot, un corps de bâtiments dont le plus important était à usage professionnel, abritant des centaines de pneumatiques que Serge et Julien livraient jusqu'à la Bourgogne voisine. En retrait, une fermette rénovée avec goût, encadrée de deux granges, pour ses maîtresses, plaisantait-il, c'est-à-dire ses pouliches et ses 2 CV.

Par tous les temps, il n'était pas rare de voir sur cette belle terre de Bassigny un Serge au trot ou au galop. Les dimanches étaient réservés à Denise et aux Rosalie numérotées de 1 à 6, et sortant à tour de rôle. Penser un seul instant que ces hobbies poussés à l'extrême pouvaient entacher ce couple, certainement pas ! Denise, en sage épouse, suivait. Jeune, elle avait connu Serge avec une première 2 CV, une première jument, et elle l'avait épousé avec ses passions.

De même qu'ils s'étaient liés avec Soizic et Quentin, tout fut

prétexte pour rendre visite à Marie-Reine ou Max Jacquod. Ne restait-il pas l'épineux problème de Denis ? Seul Burke, son compagnon d'armes, avait droit de visite ; le colonel Arbez, découragé, l'avait mis un peu à l'écart. Une percée de vin jaune à Poligny fut une de ces opportunités pour une rencontre avec le fromager.
– Nous comptons sur vous, mon cher Max, avait insisté Marina.
– Il est indispensable que nous parlions à Denis, avait ajouté Rolf.
– On ne fait pas boire un âne qui n'a pas soif, mais je vous promets d'essayer.

Max faisait de l'amitié une question d'honneur. Cet homme, lorsqu'il avait quelqu'un à la bonne, s'arrangeait pour le lui faire savoir par de délicates attentions. C'était le cas pour ces deux Allemands à qui il avait préparé une assiette de petits dés de comté.
– Tenez, goûtez-moi ça, ça se marie très bien avec un pupillin. Vous m'en direz des nouvelles.
Puis avait suivi le macvin avant l'inévitable assiette comtoise. Rolf prétendait avoir pris des kilos ; quant à Marina, si elle s'arrondissait, c'était pour une toute autre raison.
– En l'honneur du Père Étienne, ne pourrions-nous pas l'appeler "Stefan" ?
– J'y avais déjà pensé, Rolf.
– Si un jour Marie-Reine devait revoir Denis, il nous faudrait préparer cette rencontre avec soin, ne répétons pas les erreurs du passé.

Pour parfaire leurs connaissances sur la vie bourguignonne, le journaliste et la romancière decidèrent de faire la foire gastronomique. Au programme de cette énième escapade dijonnaise, la table de Lucullus, le musée Perrin-de-Puycousin et tout naturellement une visite à Marie-Reine.

– Vous n'êtes pas venus par pure courtoisie, je commence à vous connaître, tous les deux…

– Non, Marie-Reine.

– Denis ? Mort ?

– Non, vivant, mais dans un sale état, paraplégique, dépressif… nous ne l'avons vu que deux fois.

– Il y a eu plus qu'une simple amitié entre Denis et moi, il serait malhonnête d'affirmer le contraire… Denis est resté dans mon cœur…

– Et Dieu dans tout ça ?

– Dieu, il ne faudrait que des yeux d'enfants pour L'implorer, leur innocence pour s'adresser à Lui.

– Vous priez encore, de temps à autre ?

– Parfois, j'aimerais le faire avec la ferveur de ma jeunesse, une foi à l'image du Père Étienne. Dans mon métier, je n'ai que trop vu de ces inutiles souffrances… Alors Dieu, dans tout ça, ne pourrait-il pas donner un petit coup de main pour les abréger ?

C'est en bichonnant Titine, pour rien au monde il n'aurait laissé cette tâche à Marina, que Rolf avait trouvé le petit papier de Serge avec, pour seule inscription, un numéro de téléphone, français, lui semblait-il.

– Marina, c'est quoi ce numéro ? avait-il questionné plus sèchement qu'il n'aurait voulu.

La romancière avait éclaté de rire.

– Mais c'est nouveau ça, mon Nigaud à moi ne ferait-il pas

une poussée de jalousie, par hasard ? avait répondu Marina, parodiant Soizic.
Très vite il avait corrigé le tir en prenant sa compagne dans ses bras.
– Navré, mon cher Rolf, je suis tout aussi ignorante que toi ; appelle, nous verrons bien !

Denise avait décroché. Deux personnes qui se parlaient sans savoir à qui elles s'adressaient, c'est à peu près à cela que ressemblait la conversation téléphonique. Le mari ne fut pas d'un grand secours ; depuis les obsèques du Père Étienne, l'eau avait coulé sous les deux "Pont", fussent-ils d'Ouche ou de Pany. Serge avait tout simplement oublié, que pouvait bien lui vouloir cet étranger ? Il s'était contenté de prendre le numéro au cas où il se souviendrait…

C'est au cours d'une chevauchée dominicale qu'il l'avait entrevue, la grosse Mercedes, avec ses plaques allemandes.
– Les plaques allemandes, c'était ça, le numéro de téléphone ! avait-il crié à sa jument qui, en signe d'approbation, avait remué sa grosse oreille.
Au galop, il était rentré.

C'est Marina qui avait répondu. Il y avait eu une longue explication ; au clocher de Peigney sonnaient les onze heures.

La cinquième vie de Titine se scellait…

– Rolf ? D'après tes calculs, Titine accuse un certain nombre de kilomètres, ne parlais-tu pas d'une éventuelle mise à la retraite ?

– Pourquoi une telle question ? Là, maintenant ?
La romancière avait alors expliqué l'énigme du fameux papier, son entretien avec Serge… Rolf, dans sa réponse, s'était tourné vers la gastronomie :
– Une andouillette de Troyes, suivie d'un langres, le tout arrosé d'un excellent coiffy me paraît plutôt un bon plan. Il nous faut éduquer Stefan dès maintenant !

Marina avait souri, un sourire plein de tendresse, comme devaient s'en faire Quentin et Soizic. Elle qui avait pensé boucler le tout en quelques mois ! L'histoire de Titine durait depuis une trentaine d'années, leur enquête une huitaine, une histoire qui avait changé leur vie à tous, une histoire où s'étaient tissés les fils de l'amitié. Le roman de Marina était presque terminé.
– Brrr, plutôt froid, le plateau ; heureusement, Titine assure sur la neige.
– Notre avant-dernier voyage avec Titine ? avait murmuré tristement Marina.
– Nous allons en débattre avec Serge. Titine est fatiguée, insister la conduirait à la casse.

À leur grande surprise, ils furent accueillis… en allemand par la maman de Serge. Ce qui aurait pu être d'âpres discussions fut en fait un moment très agréable. Denise et Serge, eux aussi, savaient recevoir. Serge fit avec Rolf et Marina le tour de ses maîtresses. Une véritable fête de famille pour accueillir les deux visiteurs d'Outre-Rhin.

Il fut convenu que Titine demeurerait Titine auprès de ses six consœurs Rosalie, que les propriétaires conserveraient un droit d'utilisation à leur gré, sous réserve qu'ils préviennent le collectionneur. Serge, qui s'émerveillait de sa nouvelle pensionnaire, accepta toutes ces conditions sans réserve. La date de naissance de Marie-Reine fut retenue pour une réception à la hauteur de Titine : sa retraite deviendrait effective à l'anniversaire de Marie-Reine.

Max, qui n'ignorait rien de cette aventure, leur demandait par télégramme, au retour, de passer à la fruitière. Denis acceptait une rencontre avec les deux Allemands en sa présence.

L'entretien dura près de deux heures…

Pour l'organisation, Rolf, on pouvait lui faire confiance. Tout à la baguette, un vrai chef d'orchestre avec une précision de métronome. Il s'était attelé à la tâche dès son retour de Salins, mettant à profit sa présence sur le sol français pour investir littéralement le bureau de poste de la petite station thermale. Lui et Marina ne savaient s'ils repasseraient par cette ville, aussi les deux Allemands ne manquèrent pas leur tournée d'au revoir, sinon d'adieu. En pleines vacances de Pâques, la date du 15 convint tout à fait aux deux enseignants ; quant à Marie-Reine, qui n'avait quasiment jamais pris de congés, la Mère supérieure n'avait pu se soustraire à cette demande, la toute première depuis son arrivée à la clinique.

Rolf et Marina viendraient chercher la religieuse avec une Titine accomplissant son dernier voyage. Rolf, pour calmer son angoisse, se livrait à un petit calcul intérieur. Le Père Étienne totalisait un tiers de la vie de la 2 CV ; Soizic, Quentin et Marie-Reine se partageaient le second ; quant au journaliste et à la romancière, ils assumaient ce dernier tiers avec passion. Ils n'avaient que faire de ce genre de statistiques, mais il fallait bien chasser les mauvaises pensées, Marina le sentait bien. Pour ce couple, fort heureusement, l'arrivée de Stefan serait un nouveau départ.

Après un crochet par Dijon, le plateau de Langres, fidèle à sa réputation, les accueillit avec un froid vif accentué par la bise qui avait lessivé le ciel. Les Brunel avaient fait les choses en grand ; des dizaines de petits drapeaux, de cocardes aux couleurs des deux pays donnaient une touche officielle à cette manifestation. Dans cet ancien corps de ferme rénové, il n'aurait pas été surprenant d'y voir un président au côté d'un chancelier.

Arrivèrent ensuite Quentin, Soizic et le petit Erwan. En maître de cérémonie, Serge déclara ouverte la réception de Titine. Un chapiteau avait été dressé avec maintenant en son centre la voiture vedette, tout aussi enrubannée que le reste. Denise, aidée par sa belle-mère, assistait un traiteur : une organisation quelque peu démesurée pour une trentaine de personnes tout au plus. Marie-Reine, impressionnée par ce faste, se tenait en retrait. Elle prit néanmoins la coupe que lui tendit Serge.
– Tenez, ma Sœur, il n'y a pas que les papes qui sachent faire des bulles !
La blague facile avait eu le mérite de détendre la petite assemblée, les fameuses bulles champenoises feraient le reste. Rolf, pourtant, semblait nerveux, alors que tout avait l'air d'aller à merveille. Marie-Reine, qui buvait sa deuxième coupe, admirait les toasts représentant des symboles européens ; personne n'osait y toucher.

Malgré le sifflement de la bise, tous perçurent un bruit de moteur. Un pan de la tente s'ouvrit, laissant s'engouffrer un vent glacial, un rayon de soleil et un fauteuil roulant poussé par Max. Marie-Reine était blême. Son histoire avec Denis renaissait là, sous ce chapiteau, après une vingtaine d'années. Denis la fixait, contenant difficilement son émotion. Le silence le plus complet accompagnait ces deux êtres hors du temps qui allaient l'un vers l'autre.
– Cornette, articula Denis.
Pour toute réponse, Marie-Reine s'agenouilla et se mit à pleurer. Elle put tout juste dire, entre deux sanglots :
– Soyons à l'image de Dieu qui n'abandonne jamais les siens.

C'est ainsi que les mains de Marie-Reine se posèrent définitivement sur celles de Denis.

Sur un coin de table, Marina rédigea quelques lignes à la hâte, mais c'est avec une grande délicatesse qu'en bas de son manuscrit, elle traça trois petites lettres :

FIN

Table des matières

Prologue 9

Tranches de foi

Le Père Étienne 13
Reine 19
De Reine à Marie-Reine 37
Denis 43

Le choix des larmes

Soizic et Quentin 75

Jus de presse

Rolf et Marina 119
Serge et Denise 193